EMILY EM PARIS

Copyright © Hachette Livre, 2022
Romance escrito por Catherine Kalengula
Publicado sob licença da Viacom International
©2022 Viacom International Inc. All Rights Reserved. Emily in
Paris and all related titles, logos and characters are trademarks
of Viacom International Inc.

Copyright © Editora Planeta do Brasil, 2022
Copyright da tradução © Carolina Donadio
Todos os direitos reservados.
Título original: *Emily in Paris*

Preparação: Caroline Silva
Revisão: Bárbara Parente e Renato Ritto
Projeto gráfico e diagramação: Camila Catto
Adaptação de capa: Beatriz Borges

Dados Internacionais de Catalogação na Publicação (CIP)
Angélica Ilacqua CRB-8/7057

Kalengula, Catherine
  Emily em Paris / Catherine Kalengula; tradução de
Carolina Donadio. – São Paulo: Planeta do Brasil, 2022.
  224 p.: il.

  ISBN 978-85-422-1937-1
  Título original: Emily in Paris

  1. Ficção francesa I. Título II. Donadio, Carolina

22-5144   CDD 843

Índice para catálogo sistemático:
1. Ficção francesa

Ao escolher este livro, você está
apoiando o manejo responsável
das florestas do mundo

2022
Todos os direitos desta edição reservados à
Editora Planeta do Brasil Ltda.
Rua Bela Cintra 986, 4º andar – Consolação
São Paulo – SP – 01415-002
www.planetadelivros.com.br
faleconosco@editoraplaneta.com.br

Catherine Kalengula

EMILY EM PARIS

O primeiro romance da série da Netflix,
criada por Darren Star

Tradução:
Carolina Donadio

Welcome to Paris

ESTOU NUM TÁXI E MEU CORAÇÃO ESTÁ BATENDO COM TANTA força que parece que vai explodir. Eu, Emily Cooper, em Paris! Todo mundo precisa de um sonho que dê sentido à vida, e o meu sempre foi vir para cá. É um sonho que surgiu de repente, uma noite, enquanto eu assistia ao filme *Moulin Rouge*, com a maravilhosa Nicole Kidman. Eu devia ter sete ou oito anos e, ali, diante da TV, gritei:

— Também quero ir para Paris!

Ao que minha mãe respondeu:

— Não é um pouquinho longe de Chicago, não?

E meu pai acrescentou:

— No seu lugar, eu pensaria duas vezes. Dizem que os franceses só tomam banho uma vez por mês.

Mas nada poderia me desencorajar, nem mesmo os odores corporais.

Não sou idiota! Sei que a história do *Moulin Rouge* se passava na Belle Époque e que muitas águas rolaram desde então. Mas acontece que, quando sonhamos tanto com uma coisa, não conseguimos deixar para lá. O filme plantou uma sementinha em mim, uma sementinha que não parou de crescer e florescer no decorrer dos anos.

As ruas de Paris e seus monumentos, uns mais bonitos que os outros, desfilam diante dos meus olhos. E eu só consigo sorrir, sorrir sem parar! O problema é que uma parte de mim tem medo. Medo de não encontrar meu lugar aqui. Medo de sentir saudade demais de Doug, meu namorado. Medo de que a realidade não seja como sonhei.

Mas estou tão empolgada que vou domando todos esses medos. Escondo-os debaixo de uma tonelada de otimismo. Porque enquanto os sonhos nos empurram para a frente, os medos nos paralisam totalmente.

O táxi para diante de um prédio antigo, ao lado de uma praça de charme indescritível. Tem até uma fontezinha! Tento não parecer tão deslumbrada, mesmo estando a um passo de sair pulando e gritando por todo lado: "Paris, cheguei!".

E pensar que devo essa alegria a um espermatozoide! Se minha chefe, em Chicago, não tivesse engravidado bem na hora certa, ela estaria aqui no meu lugar. *I love you, little* girino!

Assim que desço do táxi, sou recebida por um cara moreno, usando um terno bastante clássico. Deve ser o corretor de imóveis.

— Emily Cooper? — ele diz, apertando minha mão. — Gilles Dufour, da imobiliária.

— *Hi*! Olá!

Meu apartamento fica no quinto andar, e o prédio não tem elevador. Dentro do prédio, sou surpreendida por uma escada em espiral simplesmente maravilhosa. Depois de arrastar minhas malas enormes por dezenas e dezenas de degraus, passei a achá-la bem menos legal.

Primeira observação sobre Paris: o antigo é belo, mas não muito prático.

— Já chegamos? — pergunto, sem fôlego.

— Seu apartamento fica no quinto andar — informa-me o corretor. — Ainda estamos no quarto.

— Mas eu contei cinco andares.

Ele deixa escapar um suspiro desesperado, do tipo "Ela é tonta ou o quê?".

— Na França, o primeiro andar é o térreo. Então, o segundo andar é o primeiro, e assim por diante.

— Que estranho — observo, perplexa.

— Não, faz todo o sentido — ele responde.

Como fazê-lo entender que o que faz sentido para uns não necessariamente faz para os outros? Não me dou ao trabalho. Só quero uma coisa: conhecer minha casinha parisiense. Com o que resta das minhas forças, consigo levar minhas malas até o sexto andar. Não importa o que diga o senhor Dufour, os músculos das minhas coxas me dizem que estamos no sexto.

— Esse é o seu maravilhoso e aconchegante *chambre de bonne* — ele anuncia.

Entendo rapidinho o que "aconchegante" quer dizer na linguagem de corretor de imóveis: minúsculo. A decoração lembra vagamente a da casa da minha bisavó, e o cheiro também se parece um pouco com o de lá. Mas pelo menos na casa dela eu estava em terreno conhecido. Por outro lado, a vista daqui é simplesmente incrível! Deve ser a vantagem de estar no sexto andar.

— *Oh my God*! — exclamo, empolgada. — Sou a própria Nicole Kidman no *Moulin Rouge*.

— Sim, Paris inteira está aos seus pés — ele confirma, colocando a mão no meu ombro. — Tem um café muito simpático bem na entrada do prédio. É de um amigo meu. E então, está tudo certo? *All is good*?

— Sim, tudo *good* — respondo, sem conseguir parar de sorrir. É incrível.

Eu queria que ele fosse embora logo. Já entendi a história dos andares e agora quero contemplar Paris. Minha Paris. Saborear esse momento – sozinha, já que Doug não está aqui para contemplá-la comigo. Infelizmente, Gilles Dufour não parece querer ir embora.

— Está com fome? — ele pergunta. — Quer tomar um café ou...

— Na verdade, preciso ir para o escritório.

— Ah, certo. O que acha de bebermos algo hoje à noite? — insiste.

Por que será que tenho a leve impressão de que ele está me paquerando? Devo dizer que ele não está sendo muito sutil. E está apressado demais. Eu tinha certeza de que ele estava me achando uma tonta! Pelo jeito, parece que minha *tontice* não o incomoda tanto assim. Mas eu fico incomodada. A única coisa que quero são minhas chaves. Não é isso que esperamos de um corretor de imóveis? Ou será que há outros "serviços" inclusos no preço da locação? Um pacote, digamos... especial?

— Tenho namorado — explico, na esperança de acabar logo com aquela conversa.

— Em Paris?

— Em Chicago.

— Então não tem namorado em Paris — conclui, animado.

Uau! Isso é que é ser uma pessoa com iniciativa. Mas, mais que qualquer coisa, superchata. É aquela típica situação constrangedora que só queremos encurtar o mais rápido possível. E esquecer. Assim que pego as chaves, levo-o gentilmente – mas com firmeza – em direção à porta.

Ele que vá propor seu pacote "apê com cama inclusa" a outra pessoa.

Primeiro encontro com meus colegas franceses

SAVOIR. ESSE É O NOME DA AGÊNCIA DE MARKETING DE LUXO QUE a empresa em que trabalho, Gilbert Groupe, de Chicago, comprou na França. É por isso que estou aqui! Preciso desenvolver a estratégia de redes sociais deles. Espero que meus colegas sejam legais. Não quero lhes ensinar nada; só quero mostrar uma nova forma de ver as coisas, um outro ponto de vista. E também aprender com eles! Vai ser tão enriquecedor! Fico arrepiada só de pensar!

A agência fica a poucas ruas do meu "aconchegante *chambre de bonne*", então aproveito para admirar os prédios feitos em pedra, as lojas, as praças. Já me sinto tão bem em Paris que é como se eu tivesse vivido aqui a minha vida toda.

Nicole Kidman ficaria orgulhosa demais de mim!

É com o coração cheio de expectativa e com um grande sorriso no rosto que abro a porta da agência. Vai dar tudo certo. Os franceses não devem ser tão diferentes dos americanos. Não é? Acho que não devemos acreditar em tudo o que dizem. Por exemplo, já faz duas horas que cheguei e ainda não senti nenhum odor corporal.

Isso diz tudo, não?

Enquanto aguardo na recepção, chega um cara. Ele me olha quase como se eu fosse um inseto. Sem problemas. Aplico minha fórmula S.E.D.: sorriso, entusiasmo e dinamismo. A chave do sucesso! Junto com o trabalho, claro. Muito trabalho. Uma tonelada de trabalho.

— *Hi*! Oi! — digo com alegria. — Sou Emily Cooper, do Gilbert Group de Chicago.

— Ahn, o quê? — ele responde. — Esse sotaque quebequense é meio...

Bom, OK, é verdade que eu tenho um sotaquezinho, quase nada. Por sorte, o tradutor do meu telefone fala um francês perfeito e se encarrega de explicar, no meu lugar, que vim para trabalhar na empresa.

Então, o rapaz tem uma reação estranha: ele parece confuso. Ou seria consternado? Mas a minha chegada estava prevista. Será que ele não estava sabendo? Ele se aproxima do balcão da recepção e tira o telefone do gancho.

— A menina americana está aqui — diz à pessoa do outro lado da linha.

Aparentemente, essa pessoa, sim, estava sabendo. Uma mulher aparece logo em seguida. Acho-a muito elegante em seu macacão preto. O problema é que não entendo nada do que ela fala. Só consegui entender a primeira palavra, "Olá", e seu nome, Sylvie. Depois, sinto-me completamente perdida.

— Você poderia falar mais devagar? — peço.

— Ah! — ela deixa escapar.

Ela não parece muito contente, mas vou fazê-la esquecer essa primeira impressão rapidinho. S.E.D., a chave do sucesso!

Eu a acompanho pela magnífica agência.

— Pensei ter entendido que você tinha um mestrado em francês — ela observa.

— Não, quem tem é Madeline, minha chefe — explico. — Eu sou Emily, Emily Cooper. Estou muito animada para trabalhar aqui.

— Tudo bem, mas isso é um problema — ela comenta enquanto entramos em sua sala.

Não entendo. O que é um problema? Eu estar feliz por trabalhar em Paris? Será que eu deveria estar com uma cara de enterro como a dela? Talvez essa seja uma tradição francesa. Nada de sorrisos no trabalho. OK. Tomo nota. Mas, cá entre nós, não consigo.

Hora da famosa S.E.D.!

— Desculpe, mas o que é um problema? — pergunto.

— Esse seu sotaque supercarregado e sua dificuldade em nos compreender — ela explica.

— Sei que tenho um pouco de sotaque — admito —, mas se você não falar muito rápido, eu consigo entender.

— Não vai ser tão difícil para você, mas vai ser para nós — ela arremata.

Difícil?

Em seguida, conheço Paul Brossard, o criador da agência. Estendo-lhe a mão, mas ele me dá um beijo no rosto. Ou melhor, dois. Imagino que seja mais uma tradição francesa. É meio estranho sair dando beijos no rosto de colegas. Nem mesmo temos intimidade! Bom, ao menos ele não está com cara de enterro. Parece quase feliz em me ver. Que ótimo!

— *Welcome to Paris* — ele diz.

E ainda faz o esforço de falar em inglês. *So cute*!

— Então você veio ensinar os segredos da guerra aos franceses?

Não entendi tudo, mas sorrio.

— Tenho certeza de que temos muito a aprender uns com os outros — afirmo.

— Já tem experiência com o marketing de luxo?

— Ainda não; eu era responsável principalmente por produtos farmacêuticos para asilos — confesso.

Mas é tudo a mesma coisa, não é? Se sou capaz de vender medicamentos contra artrose e andadores, posso muito bem fazer o mesmo com perfumes e roupas de marca! Em seguida, Paul me fala de sua viagem de férias para Chicago, onde ele experimentou a nossa especialidade: a *deep dish pizza*. Um deleite!

— Tem gosto de latrina, por assim dizer — ele comenta.

De latrina? Mais uma coisa que não entendo. Será que ele está comparando nossa *deep dish pizza* com um prato francês chamado *la latrina*? Hum, nunca ouvi falar. Só conheço *ratatouille* por causa do desenho animado. Ah, e também *foie gras*!

— Que nojo — acrescenta Sylvie.

Ah, agora entendi.

Eles começam a falar disso e daquilo. Dizem que uma vida sem prazer é uma vida de merda (isso eu sei o que significa). Que todas as marcas para as quais eles trabalham são definidas pela beleza e pela sofisticação. E que não entendem direito o que podem aprender comigo.

Talvez modéstia, só para começar?

Mas prefiro ficar quieta. Se quero me integrar, não devo ser tão crítica.

Preciso manter o espírito aberto. Sim, é isso.

O espírito muito, muito aberto.

E, principalmente, não ser suscetível.

Dez minutos depois, a primeira reunião

MUNIDA DO MEU MELHOR ALIADO, MEU SORRISO, ACOMODO-ME em volta de uma mesa com Sylvie, Paul, Julien – o rapaz que encontrei quando cheguei – e outras duas pessoas: um cara de cabelos claros e cacheados e uma mulher que parece bastante séria, mas que usa uns óculos superestilosos (sem dúvida da Chanel ou da Dior).

— Antes de mais nada, quero pedir desculpa pelo meu sotaque — começo. — Vou fazer aulas para melhorar, só preciso de um pouco de tempo.

Sem dizer nenhuma palavra, a mulher dos óculos se levanta e vai embora. Mas o que foi que eu disse?

— Patricia tem alergia a sotaque — explica Sylvie.

Nunca ouvi falar desse tipo de alergia.

Continuo:

— Para os que estão me vendo pela primeira vez, sou Emily Cooper e estou muito animada para trabalhar em Paris. Não vejo a hora de conhecer cada um de vocês e de vocês também me conhecerem!

O cara de cabelo cacheado levanta a mão. Oba, ele quer falar comigo! Ah, eu sabia que minha apresentação em modo S.E.D. daria resultado. Eu só precisava acreditar!

— Qual é o seu nome, *monsieur*? — pergunto.

— Eu me chamo Luc. Por que você está gritando?

Ah.

Não estou gritando. Talvez os franceses tenham os tímpanos sensíveis. Seria uma característica genética deles?

Em todo caso, tomo nota: falar como se estivéssemos num velório.

Em seguida, exponho minha estratégia para as redes sociais. Não se trata apenas do número de seguidores, mas também de gerar conteúdos impactantes, confiança e engajamento.

— Quem é responsável pelas redes sociais aqui? — pergunto ao final do meu breve discurso.

Julien aponta para a porta.

— Patricia.

Ah, *okaaay*.

Isso promete.

Um vizinho... nada mal

MEU PRIMEIRO DIA NÃO FOI TÃO INCRÍVEL COMO EU TINHA imaginado. Além disso, sinto saudade de Doug. Claro que nos falamos por vídeo, mas não é a mesma coisa. Volto para casa com o moral no chão. Tenho a impressão de que meus colegas não gostaram de mim, ou melhor, que eles têm prejulgamentos a meu respeito. O mais engraçado de tudo isso é que eu disse para mim mesma que precisava deixar meus preconceitos de lado, mas não pensei que os outros também teriam os seus!

E pensar que, além disso, ainda tenho que subir seis andares! Minhas panturrilhas já estão chorando por antecipação. Bom, pelo menos desse jeito não vou ter que fazer academia. Depois de um ano subindo essas escadas, minhas coxas vão ficar duras feito pedra!

Quando chego à porta do meu apartamento e viro e reviro a chave na fechadura em vão, entro em crise. O que é isso? Um complô? Quem resolveu estragar meu sonho parisiense? Quem foi?

Já sei! Foi aquele corretor de imóveis que mandou trocar a fechadura enquanto eu estava fora! Ele não aceitou – ou não engoliu direito – que eu tenha recusado seu pacote "apê com cama inclusa" e decidiu se vingar. Se for isso, vou processá-lo! Conheço um ótimo advogado em Chicago. Graças a ele, minha tia Lily recebeu 150 mil dólares depois de ter escorregado numa folha de alface no supermercado, mesmo só tendo torcido o tornozelo.

— Mas não é possível! — digo irritada, enquanto a fechadura continua se negando a abrir.

Um cara moreno acaba abrindo a porta. Hum... nada mal. Mas o que ele está fazendo no meu apartamento? Ah... na verdade esse não é o meu apartamento.

— Sinto muito — desculpo-me, confusa. — Achei que estava no quinto andar.

— Ah, não, aqui, esse é o quarto — ele explica.

Oh my God! Que sorriso! E que cabelo mais lindo! E esses olhos! Não consigo desviar o olhar. Tudo nesse cara parece... *sexy*.

— Ah, é mesmo — respondo. — Sou Emily. Emily Cooper, sua nova vizinha.

— Americana? — ele adivinha.

Acho que foi meu *leve sotaque* que me entregou.

— Sim, sou de Chicago.

— Gabriel. Francês. Sou da Normandia.

A Normandia eu conheço! As praias do desembarque, junho de 1944, essas coisas! É o que tento explicar a Gabriel, mas ele não me entende. Mesmo assim, nos damos boa-noite com um sorriso.

É o primeiro sorriso amigável de verdade que me oferecem desde que cheguei a Paris.

Prazer às 8 horas...

NA MANHÃ DO DIA SEGUINTE, ATINJO O PRAZER TOTAL. *THE orgasm.* Não com o Doug, não. Nem mesmo em sonho com meu vizinho Gabriel, o C.S.S. (Cara Super Sexy).

Atinjo com um *pain au chocolat* que compro na padaria do meu bairro.

Oh my God! Como explicar essa sensação? Primeiro vem a crocância. Depois, ele derrete. A massa amanteigada literalmente derrete na sua boca com uma explosão de sabores. Pá! Logo depois, o chocolate entra em ação. Bum!

E então você chega ao paraíso. Que sabor, mas que sabor!

Eu. Nunca. Comi. Nada. Assim. Tão. Bom.

Ever. In. My. Whole. Life.

Jamais vou esquecer desse momento: a primeira vez em que mordi um *pain au chocolat* em Paris.

Nunca.

... Desânimo às 11 horas...

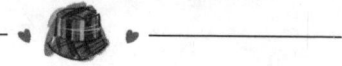

NAQUELA MESMA MANHÃ, DEPOIS DE PASSAR DUAS HORAS plantada na porta de entrada, descubro um negócio maluco: a agência só abre às 10h30.

Dez. Horas. E. Trinta.

Aliás, por que não abrir no meio da tarde, não é mesmo? Melhor ainda, nem deveríamos abrir, que tal? Para que se dar ao trabalho? Fica a dúvida.

Inacreditável!

O que mais me irrita é não poder já começar a trabalhar agora. Odeio perder tempo, isso me deixa louca. Quando queremos ter sucesso na carreira, temos que aproveitar toda oportunidade e mergulhar de corpo e alma no trabalho.

Mas aqui tenho a impressão de que eles mergulham no máximo a ponta do pé. São 11h15 e Sylvie acaba de chegar!

Depois de fazer algumas anotações no meu computador, vou falar com Patricia. Começamos mal, mas tenho certeza de que podemos nos acertar.

— Bom dia, Patricia, gostaria de compartilhar algumas ideias para melhorar o engajamento nas redes sociais. Estou muito animada com o bom potencial que temos aqui.

Ela vira a cabeça para a esquerda e para a direita com cara de pânico. Mas o que foi? Não sou tão assustadora assim. Ah, claro! A alergia a outro idioma, eu tinha esquecido!

Uso meu tradutor.

— Não, não — recusa Patricia depois de escutá-lo.

E foge como se tivesse visto uma assombração.

Será que eu deveria ter elogiado os óculos dela?

Amargor ao meio-dia

NÃO TENHO DÚVIDAS DE QUE CABE A MIM FAZER OS ESFORÇOS para me integrar. Afinal, caí de paraquedas aqui. É normal que os funcionários fiquem com um pé atrás. Então, nada melhor que uma boa refeição para quebrar o gelo! Em todos os filmes que se passam na França, as pessoas comem na área externa dos restaurantes, conversam, riem durante horas... parece tão legal! Bom, não espero ficar horas almoçando, principalmente com esse tempo perdido de manhã. Mas talvez... vou ser ousada... uns vinte minutos?

Nem tento convidar Patricia. Não quero que ela pule da janela ao me ver chegando. Parece até que ela tem medo de mim!

Vou em direção a Sylvie e proponho a ela que almoce comigo.

— Não, obrigada! Só vou fumar um cigarro — ela responde.

E desde quando isso é uma refeição? Tento a sorte com Luc.

— Ahn... estou com dor de barriga hoje — finge.

Quanto a Julien, supostamente ele já tem algo previsto para o horário do almoço.

Entendi direitinho a mensagem.

É mais forte do que eu, estou me sentindo um pouco amarga. Eu não achava que estenderiam o tapete vermelho para mim, não sou tão ingênua assim. Mas daí a me tratar como uma praga... Decido que vou me consolar com uma boa baguete crocante e um queijo que escolho um pouco ao acaso, só porque gosto do nome e também porque ele não fede tanto. Até quero viver perigosamente, mas tudo tem limite.

Vejamos se essa baguete vai me deixar tão em êxtase quanto o *pain au chocolat* da padaria. Quando a tiro da sacola, umas crianças passam como um furacão e a derrubam no chão.

— Laurent! Sybille! — grita uma jovem que vem atrás deles.

Ela pega a baguete e me devolve.

— Nossa, sinto muito, ela ficou toda suja. Será que posso te comprar outra?

— Desculpe, mas você fala muito rápido — respondo.

Não sei como, mas ela adivinha na hora que sou americana. Diz que estudou em Indianápolis e que é babá das duas crianças. Muito simpática, senta-se ao meu lado enquanto elas brincam.

— Estou ensinando mandarim a elas — explica.

— E você está aqui faz tempo?

— Quase um ano — diz. — Venho de Xangai, mas minha mãe é coreana. É uma longa e entediante história.

— E você gosta de Paris? — pergunto.

— Sim, claro que gosto de Paris! — ela garante. — Gosto da comida, tudo é gostoso! É a capital da moda e da sofisticação. E à noite, as luzes são mágicas! Mas não gosto dos parisienses. São todos desagradáveis.

— Nem todos devem ser desagradáveis — observo.

— São, sim, eu garanto. Os franceses são desagradáveis e te mostram isso com orgulho.

Quanto mais conversamos, mais acho a moça simpática e acolhedora. Por isso, fico muito feliz quando ela me dá seu número de telefone. Ela se chama Mindy. Espero que nos vejamos de novo.

Longe de Doug, dos meus amigos, eu me sinto sozinha aqui. E tem coisas que nem um *pain au chocolat*, por mais orgástico que seja, pode substituir.

... Raiva às 15 horas

QUANDO VOLTO PARA A AGÊNCIA DEPOIS DO MEU HORÁRIO de almoço, quem eu vejo na parte externa de um restaurante? Sylvie, Julien, Paul e Luc almoçando e rindo juntos. Mas não é só isso. Quando voltam ao escritório – depois de muito, muito tempo –, dão um novo apelido para mim. *La plouc*.

Nunca ouvi essa palavra. Segundo Julian, é um apelido carinhoso, como "chuchu" ou "tesouro". Desconfiada, vou correndo fazer uma pesquisinha na internet.

Jeca. *Okaaay*.

Touché!

Amanhã é outro dia

COMO TODAS AS BOAS JECAS DE RESPEITO, LEVANTO-ME AO amanhecer para correr e admirar Paris. Isso me lembra por que eu estava tão feliz de vir para cá. Porque depois de apenas dois dias tendo que suportar o comportamento dos meus colegas, estou começando a me questionar. Será que vão continuar agindo assim comigo? Ou é só um tipo de trote do tipo "vamos testar a americanazinha para ver se ela tem algo além de hambúrguer e *nugget* na barriga"?

Se for isso, eles vão acabar se cansando, não?

As jecas gostam de ter esperança.

Quando estou entrando em casa para tomar um banho antes de ir para a agência, confundo o andar novamente e tento mais uma vez abrir a porta de Gabriel. Ele abre a porta, tão bonito e irresistível como da primeira vez que o vi. Talvez até mais. Sem dúvida por causa dos raios de sol que refletem nos seus olhos. Quem autorizou esse homem a ser assim tão *sexy*?

Quem?

— Me conta, é um truque para roubar meu apartamento? — ele brinca, com um sei-lá-o-quê irresistível no sorriso e na voz.

— Admita que a numeração dos andares não tem o menor sentido — me defendo.

A realidade é que estou morrendo de vergonha. Ele deve achar que estou tentando paquerá-lo, e eu mesma estou começando a me perguntar se não é meu subconsciente que está me fazendo errar o andar toda hora.

Gabriel começa a me encarar.

— Está chovendo ou você estava nadando?

— Ah, acabei de correr cinco milhas, não sei quantos quilômetros isso dá.

— Quer um copo de água gelada? — ele oferece. — Ainda resta um longo caminho até o quinto andar.

— Não, preciso ir trabalhar. Mas não vou mais "arrombar" sua porta, prometo.

— Sem problemas, pode "arrombar" quando quiser.

Além de gato, tem senso de humor.

Se eu vir Mindy de novo, vou dizer a ela que nem todos os parisienses são desagradáveis. Que alguns, inclusive, fazem você sorrir e até o seu corpo pegar fogo.

Hum... é melhor eu tomar um banho para refrescar as ideias.

Mais forte!

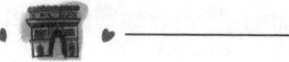

NO CAMINHO PARA A AGÊNCIA, TOMO UMA GRANDE DECISÃO: acabou a Emily boazinha que deixa todos pisarem nela. Agora é a vez de Emily, a leoa! Sim, eu sou americana, gosto de *deep dish pizza* e quase desmaio só de sentir o cheiro de um legítimo camembert feito do leite que acabou de sair da vaca. Sim, meu estilo não é muito parecido com o daqui. E daí? Vou mostrar a esse bando de pretensiosos do que sou capaz!

Quando chego, Julien me chama de novo de jeca. Sem problemas, eu já havia planejado algo. Digito a resposta no meu tradutor.

— *Va te faire foutre* — o tradutor manda ele ir se ferrar.

Gostei muito dessa expressão, preciso mesmo decorá-la. Acho-a mais elegante em francês que em inglês.

Julien fica pasmo.

— Estou começando a gostar de você! — ele diz.

Nota: se você quiser se integrar com seus colegas franceses, basta insultá-los.

Paro diante da sala de Sylvie.

— O francês é uma *funny language* — declaro. — Por que dizemos "a" jeca, e não "o" jeca?

— O artigo concorda com o jeca a que fazemos alusão — ela responde, com a frieza de sempre.

— OK, eu sei que minha presença não te agrada muito e que o meu francês é bem capenga, mas tenho ideias de marketing para o perfume "De l'heure" que a Maison Lavaux está lançando e gostaria de dividi-las com vocês.

Durante os minutos seguintes, ela tenta me fazer pronunciar "De l'heure" do jeito certo. Mas, sejamos honestos, pronunciar essa palavra é simplesmente impossível! Para começar, tem o som do "eu", que não deveria nem existir. Depois, vem o "r" – ou melhor, "rrr". De tanto tentar pronunciá-lo, minha garganta está ardendo. Mas que língua é essa? Talvez seja por isso que bebem tanto vinho na França: para aliviar a garganta.

Tanto faz o nome do perfume. Encontrei muitas coisas que não estão dando certo na campanha publicitária planejada pela agência e fico feliz em mostrá-las para Sylvie. Talvez eu não saiba pronunciar "De l'heurrre", mas sei o valor do meu trabalho. E já está mais do que na hora de demonstrá-lo.

— A presença de vocês nas redes sociais é muito baixa. O lançamento já está chegando e vocês não disseram quase nada.

— Exato — ela concorda. — O lançamento será hoje à noite.

Não acredito no que estou ouvindo.

— E você não ia me dizer?

— Veja bem, tenho um problema com sua abordagem. Você quer revelar tudo em praça pública, quer que tudo esteja acessível ao primeiro que chegar. O que você quer revelar, eu quero esconder a sete chaves. O que caracteriza nossos clientes é o prestígio. E o prestígio caminha ao lado do mistério. Você não tem nada de misterioso. Você é tão banal que dá desespero.

Zen. Sou Emily, a leoa adepta da fórmula S.E.D. Nada pode me atingir.

Com tranquilidade, começo a argumentar.

— Sim, talvez — reconheço. — Mas conheço exatamente o sentimento de olhar uma vitrine, e essa é uma perspectiva que você nunca vai entender. Porque não, não sou sofisticada. Não tenho esse sei-lá-o-quê que faz você parecer despreocupada com o visual e *sexy* ao mesmo tempo. Mas eu tenho o olhar da cliente que quer isso, e você não, porque já é assim, mesmo sem perceber.

Ela suspira como se estivesse baixando a guarda.

— Então, quer ir ao lançamento conosco?

— É óbvio!

— Bom, esteja lá às 20h.

Sorrio.

— Um conselho para o traje?

— Qualquer coisa menos esse horror — responde, indicando minhas roupas coloridas.

Observo Sylvie em seu elegante vestido preto e já sei exatamente o que vestir esta noite. Preciso ser como ela.

Uma verdadeira parisiense!

Festa aos pés da Torre Eiffel

ESCOLHI UM VESTIDO PRETO, COMPOSTO POR UM BUSTIÊ, uma saia em tule e ornado com um cinto que marca a cintura. Para dar um toque alegre e moderno ao *look*, optei por uma bolsa de mão divertida, com um rosto feminino desenhado.

Vestida assim, estou me sentindo uma verdadeira parisiense! Por pouco não consigo pronunciar o "r".

O salão onde acontece o lançamento do "De l'heure" é maravilhoso, e a parte externa dá para a Torre Eiffel iluminada! Tenho a impressão de estar no paraíso. Quando um garçom me estende uma bandeja de *petits-fours* de dar água na boca, eu me jogo nela – literalmente. Claro que não é um *pain au chocolat* da padaria. Nada chega aos pés daquela iguaria irresistível. Nada. Ainda assim, esses *petits-fours* de salmão são deliciosos.

Eles só têm um defeito: realmente são dignos do nome que têm, porque são pequenos demais. Depois que comemos o primeiro, queremos comer um atrás do outro!

Sylvie se aproxima de mim. Ela está espetacular em um vestido preto decotado coberto por um tule. Sem querer, estamos combinando! Com certeza é um sinal do destino. Talvez, esta noite, vamos finalmente nos entender?

— Ah, aqui está você! — ela diz. — Pare de comer! Por que está comendo?

— Ah, me desculpe. É que está muito bom, e estou morrendo de fome.

— Então fume um cigarro!

Paul chega logo depois, acompanhado de um casal que não conheço.

— Emily chegou diretamente dos Estados Unidos — ele lhes anuncia.

— Antoine Lamber — apresenta-se o desconhecido. — E esta é a minha esposa, Catherine.

— Antoine dirige a Maison Lavaux e é um dos maiores narizes da França.

Essa observação de Paul me surpreende. O nariz dele é bonito! Não tem nada de errado nele. E depois, não se critica a aparência das pessoas, muito menos de um cliente.

Viro para Antoine Lambert e digo:

— Não acho ele tão grande assim, e é perfeitamente simétrico — tento consolá-lo.

Todo mundo tem uma crise de riso. O que foi que eu fiz?

— Ele não estava falando do meu nariz de verdade — explica Antoine, achando graça. — Em nosso jargão, um nariz é um perfumista, é quem compõe a fragrância.

Ah. *Okaaay.*

Felizmente, Antoine logo me pergunta por que vim a Paris. Explico-lhe minha estratégia para as redes sociais, falo do que fiz no ano passado para promover uma vacina, da maneira como enchemos a internet com conteúdos incríveis e que podemos rastrear tudo: quem usa o quê, quando, onde e por quanto tempo.

Confesso que estou bastante orgulhosa do meu breve discurso. Quer dizer, até Catherine intervir:

— E daí?

Sorrisos de constrangimento. Paul leva o casal em direção a outros convidados.

— Você é doida ou o quê? — Sylvie se irrita. — Nunca falamos de trabalho em um lançamento!

— Mas foi ele quem perguntou — justifico.

— Quando isso acontece, mudamos de assunto despretensiosamente. Estamos numa festa, não numa videoconferência.

Depois de me dar esse recado, ela vai embora suspirando.

Nota: usar um belo vestido preto não é suficiente para dominar a etiqueta de uma verdadeira parisiense.

A vingança do lubrificante

NO DIA SEGUINTE, VOU À AGÊNCIA COM O CORAÇÃO LEVE. Apesar do início complicado, a festa correu muito bem. Antoine veio conversar comigo. Ele borrifou perfume na minha pele e depois chegou perto para sentir a fragrância.

Bem perto.

Em seguida, perguntou-me, como quem não quer nada, se eu preferia mulheres ou homens. Isso foi antes de ele me dizer que a cama é o melhor lugar para melhorar uma língua estrangeira e de chegar perto mais uma vez para sentir o cheiro do perfume em mim.

Ainda mais perto.

Ele disse, então, que o cheiro do perfume em mim o fez lembrar de uma "acompanhante de luxo". Retruquei que era melhor que um "contatinho qualquer". Ele achou engraçado, acho. No fim, me estendeu seu cartão, dizendo que não via a hora de trabalhar comigo. Vou apenas tomar cuidado para que se limite a isto: uma relação de trabalho. Para melhorar meu francês, vou me contentar com a internet.

Quando chego ao escritório, Julien me chama de Emily, e não mais de jeca. Podemos dizer que as coisas estão se ajeitando!

Mal me acomodo quando Paul chega para falar comigo com um grande sorriso.

— Pois bem, a festa de lançamento foi um verdadeiro sucesso. Você deixou Antoine muito impressionado. Ele quer você na campanha de qualquer jeito.

— Que ótimo! — comemoro. — Estava com receio de ter soado entusiasmada demais.

Sylvie – sempre de vestido preto – se junta a nós.

— Ficarei feliz por Emily nos ajudar na campanha, mas já conversamos sobre isso hoje cedo. Ela precisa trabalhar no Vajajeune.

— O que é Vajajeune? — pergunto.

— Digamos que é uma cápsula que ajuda as mulheres mais maduras a fazer sua vida íntima desabrochar — diz Paul.

— Oi?

Mas do que ele está falando? As mulheres engolem esse negócio e, opa, alcançam o nirvana? Superinovador. Talvez devêssemos promovê-lo também para as mulheres mais jovens – ou para as que estão a um oceano de distância do namorado. Porque o sexo a distância com Doug é meio blé. Não estou nem perto de chegar lá e ele já acabou (em dez segundos cronometrados).

— Trata-se de uma pequena cápsula que, introduzida na vagina de mulheres na menopausa, ajuda na lubrificação — acrescenta Sylvie.

— Depois de uma certa idade, as mulheres podem sofrer de um problema de ressecamento — inclui Paul.

Entendi. Acabo de passar de um perfume de luxo para uma... cápsula vaginal. Um produto importante e útil, segundo Paul.

— Com toda sua grande experiência em produtos farmacêuticos, nada mais lógico — argumenta Sylvie.

— *Of course* — respondo.

Mesmo achando que não tem nada de "*of course*", não tenho escolha. A mensagem é clara: primeiro preciso provar meu valor. E é por isso que vou me dedicar com alegria às vaginas menopausadas. Quer dizer, ao assunto. Até agora, não tenho muitas ideias... talvez Sylvie possa me dar umas dicas. Ela deve estar por dentro do assunto, não? Ah, ela poderia inclusive testar a cápsula! Todo mundo sabe que a experiência própria é o melhor caminho para falar de um produto. Tomo nota para perguntar mais tarde o que ela achou.

Nada como uma conversa sobre ressecamento vaginal para criar laços!

Assim que Paul se distancia, Sylvie volta para falar comigo.

— Aliás, acho que ontem à noite, no coquetel, você se aproximou um pouco demais de Antoine.

— *What?* Não!

— Hum, mas ele se aproximou bastante de você — observa. — Você o acha atraente?

Para o tipo dele, ele tem charme e uma certa classe, preciso confessar. Sim, ele é atraente, e é o que respondo sem pensar, antes de mudar de ideia:

— *No. No*! Ele é casado. Eu até conheci a esposa dele.

— Então você o acha atraente — insiste.

— É um cliente. E, repito, casado.

— Exatamente. E a esposa dele é uma de minhas melhores amigas. Vou encaminhar a você todo o material de Vajajeune.

Isso pareceu um aviso: não chegar muito perto do narigão de Antoine Lambert. OK, mensagem recebida.

Depois que Sylvie vai embora, Julien vem falar comigo.

— Tem um detalhezinho que você precisa saber. A verdade é o seguinte: Sylvie é amante de Antoine.

Oh my God. O quê?

Então ela quis me afastar do marido de sua melhor amiga não por lealdade, mas porque dorme com ele?

E por ciúmes, ela se vingou. Usando um lubrificante.

Ela me pegou em cheio!

O cliente nunca tem razão

PRECISO MUITO VER UM ROSTO AMIGO, FALAR SOBRE TUDO e sobre nada ao mesmo tempo e dar risada – se é que eu ainda sei como se faz isso. Esquecer Sylvie e o maldito Vajajeune. Quem melhor que Mindy para isso? Na verdade, melhor seria dizer "Quem mais?", porque não conheço ninguém aqui além dela. Por sorte, ela aceita meu convite para jantar, e nós nos encontramos perto de casa. No caminho para o restaurante, conto-lhe meus perrengues. Falo sobre Antoine, o perfumista-paquerador que eu tive que afastar com toda a gentileza. Sylvie, que trai a melhor amiga e ainda se acha no direito de me dar uma lição de moral. Sério, de verdade, não faz o menor sentido!

— Não se deve flertar com outra mulher na frente da amante — responde Mindy, falando de Antoine. — É quase pior que flertar com ele na frente da esposa.

— Elas estavam na mesma sala, para ser precisa. Você acha que a esposa de Antoine sabe que ele a está traindo com Sylvie?

— É claro! Inclusive, tenho certeza de que ela aprova.

What? Quando Mindy acrescenta que a esposa de Antoine também deve ter um amante e que para eles não há nenhum problema em transar a torto e a direito, começo a ficar com dor de cabeça. Preciso urgentemente de uma taça de vinho francês para pensar em outra coisa! O restaurante é charmoso e, depois de sentar, começo a relaxar.

— Saúde!

— Saúde! — responde Mindy.

— Então, o que te trouxe a Paris? — pergunto.

— Uma faculdade de administração. Meu pai insistiu, e quando ele quer, ele consegue. É o rei do zíper na China. Ele segura o mercado pela braguilha, literalmente! — Eu dou risada. — Na verdade, o sonho dele era que seu único filho, leia-se eu, assumisse os negócios da família.

— Mas e você? Qual seu sonho?

— Tudo menos isso. Mas desde criança sempre fui obcecada pela ideia de morar em Paris. Então, me inscrevi numa faculdade daqui e consegui dar um jeito de perder a vaga.

Enquanto isso, trazem nosso "bife bovino com um gratinado *dauphinois*". Foi Mindy que pediu esse prato, e ele tem uma cara deliciosa. Mas bem que meu medalhão poderia estar no ponto. Não entendo. Não foi para isso que os homens pré-históricos inventaram o fogo, não?

Chamo o garçom.

— Senhor, pedi meu bife *medium*, mas ele veio *rare*.

— Sim, a carne está malpassada, e ela a queria ao ponto — Mindy corrige.

Sem dizer nada, o funcionário retira meu prato e o traz de volta quase imediatamente.

— O chef disse que está no ponto certo.

Okaaay.

Então, se entendi direito, é o cozinheiro que decide o gosto dos clientes? O tal chef chegou na hora errada, pena para ele. Depois desse dia horrível, não vou deixar ninguém estragar minha noite. Nem mesmo um cara que se acha o rei do mundo. Pedi um bife médio e quero que ele venha médio, ponto-final. Vou mostrar a esse senhor o que é uma verdadeira americana!

— Está no ponto certo para ele, mas não para mim.

— Ele sugere que a senhorita experimente — insiste o garçom.

— E eu sugiro que ele cozinhe mais minha carne.

O cliente sempre tem razão, e sua majestade, o chef, vai ter que aceitar! Alguns instantes depois, ele aparece. E não acredito no que estou vendo. É o C.S.S. – o Cara Super Sexy. Ainda mais sexy no seu avental branco de cozinheiro. Vejam bem, tudo fica bom nele.

— Gabriel? — surpreendo-me.

— Emily.

— Mindy! — ela se apresenta, acenando com a mão.

— Algum problema aqui? — pergunta Gabriel.

— *No. No!* — finjo. — Está tudo bem. O ponto está perfeito.

Assim como ele.

Em seguida, ele propõe que eu experimente a carne, o que faço sorrindo. Percebo como ela é suculenta... e macia! Sim, é isso, maravilhosamente macia. Estou derretendo... quer dizer, a carne está derretendo.

Ao mesmo tempo, como não consigo tirar meus olhos de Gabriel, eu poderia ter qualquer ingrediente na boca que daria na mesma.

Normalmente, não gosto de carne malpassada. Mas esta que ele fez está mesmo especial porque... foi preparada por ele.

Golpe duro

ESSA NOITE DAS MENINAS ME FEZ UM BEM DANADO! NO DOMINGO, decido fazer um passeio na feira. Tem tanta coisa boa para comer nas barracas que não sei nem o que escolher. É verdade que, às vezes, os cheiros são... como dizer... fortes. Os queijos e os salames, por exemplo. Mas minhas narinas estão começando a se acostumar, acho.

Será que isso significa que estou me tornando uma verdadeira parisiense?

Espero que sim!

Terminado meu passeio, tiro uma selfie com meu ídolo absoluto na Terra: a atendente da padaria do meu bairro. No começo, ela tinha um pouco de dificuldade para entender a minha pronúncia para as diferentes pâtisseries, mas isso foi logo resolvido entre nós. Ela é a minha estrela, minha deusa, minha artista! Nessa manhã, estou me sentindo incrivelmente bem em Paris. No lugar em que deveria estar. E a cereja do bolo, como diria minha querida atendente, é que Doug tirou uma semana de férias para vir me visitar.

Bem na hora que penso nele, ele me liga. Nossas almas estão conectadas, simples assim.

— Hey — exclamo! — Já está no aeroporto?

— Eu comuniquei minhas férias, fiz a mala e, depois, pensei. O que vou fazer o dia todo?

Que pergunta é essa? Ele estará em Paris. Em Paris!

— *What*? Você vai conhecer a cidade. Tem monumentos extraordinários.

— Sim — reconhece. — Mas vou estar sozinho, e você vai trabalhar.

— Ah, aqui a hora de almoço dura uma eternidade. Eu juro, posso passar três horas no Louvre com você durante a tarde e ninguém vai notar.

Ele suspira, e eu logo percebo que tem alguma outra coisa que ele não está dizendo. Também estou sentindo que não vou gostar da verdade.

— Essa distância é muito difícil — ele acaba confessando.

— *Well*, você vai embarcar no avião e, quando chegar, vamos nos organizar.

— Não, você já organizou tudo — corrige —, só que eu gosto da nossa vida em Chicago!

— Estamos falando de Paris, Doug!

Entendi. Sei exatamente para onde essa conversa vai nos levar. É como se um trem estivesse vindo a toda velocidade e eu não pudesse evitar. Vou ter que escolher entre meu sonho e meu namorado. Dizem que o verdadeiro amor resiste à distância e à separação. Nossa relação aguentou quatro dias.

— Espera... você não pretende vir nunca? Jamais?

— Você deveria voltar para casa.

"Para casa." Como se eu fosse dele, um brinquedo dele!

Eu estava certa sobre suas intenções. E não gostei nada disso.

— Senão o quê? — pergunto. — Acabou? Não estou acreditando! Quer saber? Guarde as suas super *precious-air-miles* e gaste para ver uma partida de futebol sei lá onde. E fique em Chicago a vida toda. Porque Paris está cheia de amor, romance, luz, paixão e sexo! Todas as coisas que não fazem o menor sentido para você!

— *Wait*! Você está me ouvindo? Você ainda está aí? Acho que estamos perdendo a conexão.

— Sim, estamos... — confirmo com tristeza.

Entre meu sonho e meu namorado, fiz minha escolha.

Um problema de vocabulário

NO DIA SEGUINTE, TALVEZ POR SOLIDARIEDADE, PARIS SE AJUSTOU ao meu estado de humor: o céu está desabando. Continuo sem acreditar que está tudo acabado com Doug. Estou triste. E extremamente decepcionada também. Eu tinha imaginado que passearíamos juntos por Paris, que compartilharíamos momentos incrivelmente românticos, que ele entenderia por que gosto tanto dessa cidade. Mas ele não entendeu nada. Nadica de nada.

Realizei meu maior sonho vindo para cá. Eu só não sabia que isso me custaria caro.

E não são as caixas de Vajajeune na minha mesa que vão me consolar. Já que minha vida amorosa está um verdadeiro fiasco, vou mostrar para Sylvie que posso dar conta do desafio do lubrificante. Faço algumas pesquisas na internet e acabo descobrindo uma coisa doida. Realmente inacreditável.

Corro para falar com Sylvie.

— Por que em francês dizemos "o" vagina, e não "a" vagina?

— Ah, você quer falar de vagina? — ela responde. — Não sei... também falamos "a" vara.

Okaaay.

Então eu estava certa: não existe nenhuma lógica. Isso é um absurdo! Como se nossa feminilidade, nossa intimidade e nosso prazer pertencessem aos homens!

Quero dizer bem alto pra todo mundo ouvir: a vagina é minha e continuará sendo!

De volta à minha mesa, tiro uma foto das caixas de Vajajeune e posto com a seguinte legenda:

"A vagina não é masculina."

Não mesmo!

Bastava um tweet

NÃO PERCO MAIS MEU TEMPO CHAMANDO MEUS COLEGAS PARA almoçar – não estou a fim de ser humilhada de novo – e aproveito minha hora de almoço para encontrar Mindy no parque. Ela me diz palavras de conforto que me deixam tranquila. Diz que eu deveria deixar para lá, que preciso absorver a cultura francesa, mesmo que ela seja tão sem lógica quanto desconcertante, e, o principal, que ela é minha amiga. Estou realmente muito feliz por tê-la conhecido.

Graças a ela, volto para o escritório com o coração um pouquinho mais leve. Paul, Sylvie, Julien e Luc estão sentados no terraço do restaurante preferido deles, perto da agência, mas prefiro ignorá-los. De todo modo, eles só voltarão para o escritório daqui a muitas horas, e eu tenho uma pilha de trabalho – ou melhor, de Vajajeune – na mesa. Ainda estou em busca de uma ideia para divulgar essas pequenas cápsulas, que são mesmo muito úteis. E como não posso pedir a Sylvie que as teste com Antoine sob pena de perder minha cabeça, vou precisar usar a imaginação.

É nessa hora que recebo uma mensagem de Mindy: "Brigitte Macron te retuitou!".

Oh my God! Será que estou sonhando?

Estou ouvindo o barulho da rua, as buzinas, os insultos. Todas as pessoas sentadas no terraço dos restaurantes têm uma taça de vinho diante delas. Todos continuam sentados à mesa, mesmo que já sejam quase duas da tarde. E conversam tranquilamente como se estivessem de férias. Ah, consigo ver até um cocô de cachorro na calçada!

Sem dúvida, estou mesmo em Paris, e essa é a realidade!

A primeira-dama da França pensa exatamente como eu. Ela acha que a palavra vagina não deveria ser masculina.

Oh my God.

Que jogada de marketing! Eu não conseguiria ter pensado em nada melhor! Graças a esse retweet que caiu do céu, todo mundo vai ouvir falar do Vajajeune. Estou tão feliz que meus scarpins nem tocam mais o chão.

Viva a vagina! E viva Brigitte!

A voz de Paul interrompe esse momento de felicidade.

— Emily! — chama com um grande sorriso. — Emily! Venha se sentar conosco. Venha!

Então, de uma hora para a outra, não sou mais uma praga? Que coisa.

— Vocês viram o *post*? — pergunto enquanto me sento.

— Emily, você fez da minha despedida da agência uma lembrança inesquecível — afirma Paul.

Respondo ao seu sorriso porque, sim, é uma linda vitória e estou muito orgulhosa.

— Estou muito feliz.

— Sim, muito bem, Emily — me diz Sylvie com um tom morno que mostra claramente o quanto ela está odiando ter que me parabenizar. — Digamos que um novo capítulo vai começar para você na Savoir.

Sim, é verdade. Agora que Paul não tem mais as rédeas, vou poder impor meu toque americano, minha visão das coisas.

Não posso esquecer que foi a empresa na qual eu trabalho, em Chicago, que comprou a agência. Então, estou no meu direito, digamos... de ter voz, certo?

Enfim, em tese.

Porque pelo suspiro desgostoso de Sylvie, vejo que a batalha está longe de ser ganha.

O pior é que eu gosto dela. Ou, em todo caso, eu a admiro. Adoraria ter seu carisma, sua segurança.

É uma pena que não seja recíproco.

Mictório, bidê e companhia

O BOM É QUE, AQUI, AS SURPRESAS NUNCA ACABAM. HOJE DE manhã, enquanto eu corria, descobri um negócio horrível: em Paris, os homens podem fazer xixi na rua.

Oh my God.

Na verdade, eles usam mictórios bem esquisitos, com umas plantas por cima – para ficar mais bonito, imagino. Mas mesmo assim! Eles fazem xixi ao ar livre, e todo mundo parece achar isso normal!

Chego em casa ainda em choque. E aí, *pá!*, o chuveiro para de funcionar enquanto estou tomando banho. De roupão e cabelo enrolado numa toalha, desço para falar com a zeladora. Ela é uma mulher realmente desagradável. Bom, é verdade que teve uma vez em que queimei os fusíveis do prédio inteiro. Eu queria carregar meu aparelho – aquele que permite satisfazer as minhas... pequenas necessidades íntimas – na tomada e daí, *bum*, acabou a energia.

Isso a deixou irritada. Mas a maior prejudicada fui eu!

Com a maior calma possível, tento explicar a ela o problema do meu *shower*.

— O que você está fazendo aí fora vestida desse jeito? — ela reclama. — Você acha que é carnaval?

Felizmente, o rei da carne malpassada chega para me socorrer.

— Ela está dizendo que a água do chuveiro acabou — ele explica no meu lugar.

— E na semana passada foi o fusível! — se exalta a zeladora.

— Por que ela quebra tudo, hein? Ela pode me dizer por que quebra tudo?

— Mas eu não fiz nada! — eu me defendo. — Só estava lavando meu cabelo e a água acabou!

— A água vai e volta neste prédio — me diz o C.S.S. — O encanamento deve ter uns quinhentos anos. Sério mesmo.

Quinhentos anos? Mas os Estados Unidos nem mesmo existiam nessa época! Jura que o encanamento está desgastado? Talvez fosse bom pensar, sei lá... em trocá-lo?

Ainda muito irritada, a zeladora fala tão rápido que não consigo entender tudo.

— O que ela está dizendo? — pergunto a Gabriel.

— Que ela vai chamar um encanador.

Tenho a sensação de que ele está dando uma amenizada nas palavras dela. *So cute.*

— E enquanto isso? — ele pergunta à mulher.

— Bidê! — ela me diz com um sorrisinho maquiavélico.

Bidê. Isso eu sei o que é.

Que droga.

Revolução!

É COM OS CABELOS LAVADOS NUM BIDÊ QUE VOU PARA O CURSO de francês. Finalmente decidi que seria mais eficaz fazer aulas de imersão. Hoje estou aprendendo a dizer uma frase vital: "gosto das suas botas".

Frase que tenho o prazer de usar com Sylvie a caminho da agência.

— Olá, Sylvie! Gosto das suas botas!

Digo para mim mesma que um elogiozinho talvez possa deixá-la de bom humor. É que não sei mais o que fazer! Não importa o que eu diga, o que eu faça, ela me detesta.

— Ah, obrigada — ela responde, antes de fazer uma pergunta. — Por que você está sorrindo tanto?

— Porque eu adoro cumprimentar as pessoas, o dia está lindo e estou em Paris.

— Acredite em mim, de nada adianta essa empolgação toda — ela tenta me fazer sossegar. — Temos um dia pesado pela frente. Teremos uma filmagem superimportante para o "De l'heure", e se você passar o dia todo sorrindo, vão pensar que você é tonta.

Okaaay. Não seria mais o fato de eu sorrir para Antoine que a incomoda?

— Vou tomar cuidado — prometo.

— A menos que esteja feliz. Você realmente está feliz?

— *Well*, eu terminei com meu namorado ontem, acabou a água do meu *shower* por causa do encanamento de quinhentos anos e lavei meu cabelo num bidê. Mas, bom, *c'est la vie*!

Espero que essas confidências nos permitam criar uma relação. Será que um dia conseguiremos ser amigas? Chegamos à agência. Antes de abrir a porta, Sylvie vira para mim e diz, com complacência:

— Aaah, você deveria postar essa aventura no Instagram. *Hashtag*: bidê e cabelo.

Ela sorri de um jeito sarcástico. Bem que eu imaginava. Ela não poderia simplesmente ter começado a gostar de mim assim, de uma hora para outra. Será que pelo menos ela se diverte comigo? Mal coloco os pés no escritório, e Luc já esfrega uma folha no meu nariz: os "*corporate commandments*" do nosso grupo em Chicago. Sem brincadeira, o modo de trabalho da Savoir parece ter a mesma idade que o encanamento do meu prédio. Já está mais do que na hora de modernizar isso tudo!

— Com licença, você pode me dizer o que é isso que você nos mandou? — pergunta Luc, exaltado.

Visivelmente furioso, ele começa a ler o documento em voz alta:

— É necessário ser positivo e construtivo em todas as circunstâncias. Nunca se atrasar. Elogiar em público e criticar no privado.

Ué, e daí? Onde está o problema? Não entendo. Atrás dele, é a vez de Julien comentar as novas regras – e ele não parece feliz.

— É proibido ter relação amorosa com um colega?

— O importante é que sejamos um *team* — explico. — O "nós" antes do "eu".

— Sim, mas estamos na França, e não nos Estados Unidos — se opõe Sylvie. — Aqui, o "eu" é importante.

— Lá também, mas tentamos ter uma visão de equipe — justifico.

Luc me lança um olhar sombrio.

— O que vocês estão fazendo é atacar o espírito francês!

Como assim? São apenas regras de trabalho! Não estou dizendo como eles devem preparar suas baguetes ou que devem parar de beber vinho!

Com essa declaração, Luc vai embora como uma estrela ofendida, seguido por Julien. Acho que acabo de provocar uma revolução.

Ai, ai, ai, espero que não cortem a minha cabeça, como fizeram com a Maria Antonieta!

So excited!

COMO AINDA TENHO MINHA CABEÇA, APROVEITO PARA ACOMpanhar Julien e Sylvie a um maravilhoso lugar parisiense: a ponte Alexandre III, onde a vista é de tirar o fôlego! É lá que vai acontecer a filmagem do filme publicitário para o "De l'heure". Mágico!

Antoine está nos esperando.

— Emily — ele me cumprimenta. — Estou feliz em vê-la novamente.

Assim como faz com Sylvie, ele me dá um beijo na bochecha. Mas agora já entendi que aqui todo mundo faz isso com todo mundo. Beijam a atendente da padaria, o carteiro, a zeladora... não, a zeladora não. Ela não é gente boa.

— Olá! — respondo. — Estou muito excitada por estar aqui!

— Excitada, é mesmo? — pergunta Antoine, achando graça.

— Excitada não quer dizer *excited* — intervém Julien. — Quer dizer *horny*.

Ah? Ooooh!

Sério, por que inventar duas palavras tão parecidas se elas não têm o mesmo sentido? Para me fazer passar vergonha, é isso?

— Perdoe-a, Antoine — comenta Sylvie. — Hoje ela lavou a cabeça num bidê.

Francês não é uma língua fácil, tá bom?

Segundo Antonie, o vídeo vai mostrar uma jovem elegante indo ao trabalho. E, ao atravessar a ponte, ela vai se transformar em tudo o que os homens sonham ou desejam. Dito assim, parece incrível!

A filmagem logo começa. E aí, meu queixo cai. Junto com as roupas da modelo. Literalmente.

Não é a nudez que me choca. É mais o fato de que, no filme, homens de terno a devoram com os olhos enquanto ela passa. Isso, para mim, é inconcebível. Não na nossa época, não depois dos movimentos feministas.

— O que acham? — pergunta-nos Antoine.

— Adorei — responde Sylvie, acariciando o joelho dele.

— Emily? — ele quer minha opinião.

Faço o possível para me conter.

— *Well*, eu não sabia que ela estaria nua.

— Ela não está nua, está usando o perfume — defende-se Antoine, como se isso mudasse alguma coisa. — É muito sexy, não é?

— Sexy ou sexista? — pergunto. — Esse sonho é de quem? Do homem ou da mulher? Tenho certeza de que as americanas não vão gostar.

— Onde está o problema? Explique, tenho interesse em saber.

E ele decide fazer uma pausa. Se Sylvie tivesse uma metralhadora no lugar dos olhos, ela teria me transformado numa peneira. Sento-me a uma mesa com eles, que pedem uma taça de vinho. Então, tento defender meu ponto de vista. Digo que essa mulher nua é um objeto para os homens que a estão olhando. Que, nos dias de hoje, o filme será politicamente incorreto, principalmente por conta do movimento #MeToo. Que há um risco de desencadear uma polêmica prejudicial para a marca.

Mas meus argumentos encontram resistência.

Se a intenção de Antoine era destruir a imagem de seu perfume, ele não poderia estar em melhor caminho!

Preciso fazer alguma coisa.

Shower ou não shower?

PELA MANHÃ, UM ENCANADOR BATE NA MINHA PORTA – TENHO que dar o braço a torcer: minha horrível zeladora fez o necessário. Plantado no boxe do meu chuveiro, ele gira uma ferramenta de um lado para o outro em volta da torneira, murmura alguma coisa e me lança um olhar de derrota.

— Não.
— Não o quê?
— Impossível.
— Impossível por quê?

O impossível não faz parte do vocabulário dos americanos! E eu também preciso tomar banho. Ele me explica um monte de coisas que não consigo entender. Então, corro para buscar meu tradutor preferido: Gabriel.

— Oi, será que você pode falar com o encanador? — pergunto sem rodeios.
— Bom dia, Gabriel, como vai?

Bom, é verdade que eu poderia ter sido mais educada. Aliás, mesmo tendo acabado de acordar, ele está lindo de morrer com esse shorts e esse peito perfeitamente esculpido. Hummm... Como diz Mindy, é de comer com os olhos! Ele me faz pensar nas maravilhosas estátuas que enfeitam Paris. Cá entre nós, fiz muito bem em bater na porta dele assim tão cedo.

— Bom dia, Gabriel — digo. — Como está?

— Cansado, mas obrigado por perguntar. Eu estava tendo um sonho incrível. E aí uma americana me acordou. Ou talvez eu ainda esteja sonhando.

— *No, no.* Você está mesmo acordado. O encanador não pode ir embora antes de consertar meu *shower.*

Pego-o pela mão e o arrasto até meu apartamento. Em seguida, o encanador começa a conversar com ele. Se ao menos ele consertasse meu encanamento tão rápido quanto fala! É impossível entender uma única palavra.

— O que ele falou? — pergunto a Gabriel.

— Ele gostaria de tomar um café. E comer um croissant.

Ahn? Bom, talvez seja um costume francês. Se um encanador chega na sua casa de manhã cedo, você deve lhe oferecer um café da manhã para motivá-lo um pouco.

Anotado.

Depois de uma passadinha na minha amada padaria, encontro Gabriel e o encanador batendo papo descontraidamente na minha mesa. Eles estão jogando conversa fora – só consigo entender uma palavra ou outra, como "futebol". Então, e meu chuveiro? Ele não vai se consertar sozinho! Quando ouso perguntar, a resposta me deixa muda: o encanador precisa esperar a chegada de uma peça difícil de encontrar. Isso poderá levar alguns dias ou até mesmo semanas!

O que é que eu vou fazer para tomar banho? É o que pergunto a Gabriel:

— OK. E o que eu faço enquanto isso?

— Tem o meu chuveiro — ele responde com um sorriso irresistível.

Acho que acabei de ganhar na loteria: um pretexto para bater na porta de Gabriel toda manhã.

Hummm...

Já deu pra mim!

BANHADA POR GABRIEL, OU MELHOR, NA CASA DE GABRIEL, corro para o curso de francês. Hoje aprendemos como convidar alguém para uma festa. Ótimo! Tenho certeza de que isso vai ser útil.

Um dia.

Ao chegar na agência, Sylvie vem para cima de mim. Eu já esperava. Eu sei que ela não gostou nada das minhas intervenções durante a filmagem. Mas será que depois ela pensou a respeito? Será que entendeu?

— Você nos custou uma verdadeira fortuna ontem, com suas observações e questionamentos — ela reclama.

Pois é, ela ainda está descontente.

— Bom dia, Sylvie — respondo, sorrindo.

— Antoine vem hoje para nos mostrar o vídeo, e eu não quero ouvir nada vindo de você.

— Então você não concorda com nada do que eu disse? — pergunto. — Com nada de nada?

Qual é, ela é mulher! Como pode aceitar a ideia desse vídeo?

— Eu não tenho uma visão simplista de homem e mulher — ela explica. — Isso é americano demais.

— Sim, e é para isso que estou aqui. Para trazer uma visão americana das coisas.

— Você está sendo moralista, para dizer a verdade.

E que mal há nisso? De todo modo, não é uma questão de personalidade ou de sentimento. Nem mesmo de cultura. Essa campanha, que não está nem um pouco alinhada à sua época, está fadada à catástrofe. Por que eu sou a única a ver isso?

— Só acho que é preciso fazer uma campanha que escute as reivindicações do momento. Sinceramente, só estou preocupada com Antoine.

Ela esboça um sorriso amarelo e acaricia meu nariz como se eu fosse um cachorrinho.

— De Antoine, cuido eu.

Tenho a impressão de estar falando com as paredes e volto frustrada para minha mesa. É nesse momento que descubro uma obra artística bem especial. Alguém rabiscou um pênis em um exemplar dos *corporate commandments*.

Quanta elegância.

Furiosa, corro para falar com Julien.

— Você sabe quem colocou isso na minha mesa?

— Não fui eu — responde, apontando para Luc. — O meu é mais reto.

Fico sem reação.

Primeiro, Sylvie não me escuta. Depois, Luc me desenha seu pinto.

Estou começando a ficar de saco cheio!

Vinho e ideias

DEPOIS DE PASSAR QUATRO HORAS ALMOÇANDO E TOMANDO algumas taças de Sancerre com Mindy, sinto-me um pouco melhor. Segundo minha amiga, ser desagradável faz parte da cultura francesa. E, por isso, é normal que meus colegas peguem tanto no meu pé o tempo todo.

Okaaay.

Para me consolar, ela me convida para um jantarzinho no próximo fim de semana, porque seus patrões irão para a casa de campo deles. Não vejo a hora!

Enquanto isso, preciso participar da reunião com Antoine. Assisto ao vídeo, chocada. Ele é ainda pior do que eu imaginava. Estranhamente, isso me deu uma ideia.

— Então, o que acha? — pergunta Antoine. — É sexy ou sexista?

— Ah, definitivamente sexy! — responde Luc com entusiasmo.

Que surpresa. Quando alguém é capaz de deixar um desenho do próprio pinto na mesa de uma colega, isso diz muito sobre a personalidade dele, não é?

Antoine dirige-se a mim.

— Eu estava perguntando para Emily.

— Ahn, não importa o que eu penso — respondo. — O importante é o que os seus clientes pensam. Acho que são eles que devem decidir. Publique o vídeo no Twitter com uma enquete: "Sexy ou sexista?". Deixe as pessoas reagirem, e você decide o que fazer com isso depois. Como parte da campanha.

Ignoro o olhar penetrante de Sylvie porque sei que a minha ideia é boa.

Antoine começa a pensar em voz alta.

— Sexy ou sexista... Ou talvez ambos. Vai dar o que falar. Essa eu pago para ver!

Se eu estivesse em Chicago, eu gritaria de alegria. Mas aqui em Paris, contento-me em sorrir, sorrir, sorrir!

Uma pequena festinha...
e um grande fiasco

SEI QUE SYLVIE NÃO GOSTA DE MIM. É POR ISSO QUE EU A convidei para o jantar de Mindy.

Talvez eu só passe um ano em Paris. Então, quero que esse ano seja o mais bonito possível. Acima de tudo, estou por aqui dessa picuinha absurda entre nós.

Às 20h, munida de uma garrafa de vinho, toco a campainha de Mindy. Imagino um jantar intimista, talvez com alguns amigos dela. Mas assim que abro a porta, escuto a música no último volume. Depois, vejo dezenas e dezenas de pessoas bebendo e dançando.

Ela chama isso de festinha?

— Aaah, a convidada de honra! — grita Mindy antes de se dirigir à multidão. — Atenção, pessoal, atenção! Essa é a Emily! Ela veio de Chicago para trabalhar numa agência de marketing em Paris.

As pessoas me olham com indiferença e retomam suas conversas logo em seguida. Tento puxar assunto, mas ninguém presta atenção em mim. E como acontece muito desde que cheguei à França, tenho a impressão de não pertencer ao lugar. Chego a me perguntar se fiz bem em vir para cá.

Sylvie nem mesmo respondeu ao meu convite.

Quando um rapaz bem gentil e fofo fala comigo, volto a sorrir. Mas por pouco tempo. Fabien – é o nome dele – se revela um cafajeste de primeira.

Enojada, eu o deixo plantado ali.

Ooooh!

VOLTO SOZINHA PARA CASA. PODERIA TER CONVIDADO FABIEN, bastava um aceno. Mas não é isso o que quero. Não quero um lance de uma noite, desses que a gente esquece assim que amanhece – ou, ao contrário, gostaria de esquecer. O que eu quero é o sonho, o romantismo, a extravagância, porque estou em Paris!

Mas pode ser que isso nunca aconteça.

Meio deprimida, vejo Gabriel atrás do balcão de seu restaurante. Entro e me aproximo dele.

— Boa noite — ele me diz. — Veio atrás do meu chuveiro?

Não sei como, mas ele consegue me arrancar um sorriso.

— Vim atrás mesmo é de uma taça de vinho. E de um rosto amigo para conversar.

— Então, está gostando de Paris? — ele pergunta, enquanto me serve.

— Por que todo mundo me pergunta isso? Bom, minha resposta é: eu amo Paris, mas acho que Paris não gosta de mim. E talvez esteja tudo bem, porque passei minha vida toda querendo que gostassem de mim.

Ele me olha, franzindo as sobrancelhas.

— É um objetivo bem curioso.

— *Exactly*. Vou parar de buscar isso.

— Só tem um pequeno problema — ele diz, com um sorriso lindo de morrer e com seus lindos olhos fixados nos meus. — Eu gosto de você.

Oooh!

Distribuição de presentes

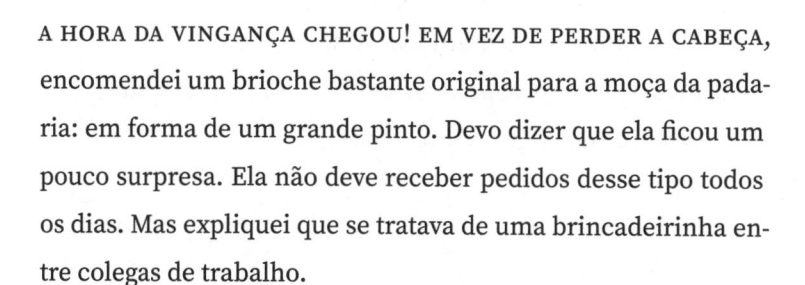

A HORA DA VINGANÇA CHEGOU! EM VEZ DE PERDER A CABEÇA, encomendei um brioche bastante original para a moça da padaria: em forma de um grande pinto. Devo dizer que ela ficou um pouco surpresa. Ela não deve receber pedidos desse tipo todos os dias. Mas expliquei que se tratava de uma brincadeirinha entre colegas de trabalho.

Assim que chego à agência, sinto o prazer de entregar o brioche de pinto para Luc e Julien.

— Se vocês estiverem com um pouco de fome, aqui está um lanchinho! — anuncio.

Luc abre a caixa antes de cair na risada com Julien.

— Obrigado!

A mentalidade francesa é mesmo muito estranha. Mas depois de alguns dias, pelo menos uma coisa eu entendi: quando tento fazer os franceses gostarem de mim, eles me detestam. Quando faço uma brincadeirinha de mau gosto, eles me amam. É muito fácil, no fim das contas!

Vou satisfeita para minha mesa. Tem um pacote em cima dela. Nele há uma lingerie e uma carta.

Obrigada pela ideia genial,
Antoine
P.S.: Isso é sexy ou sexista?

Confusa, não tenho tempo de pensar nessa questão. Sylvie aparece.

— Temos uma reunião — ela me informa, antes de fixar o olhar no pacote. — Quem mandou isso?

— Um amigo. Não é nada demais — finjo.

— Hum, hum... — ela murmura, desconfiada.

Ai! Cada vez que penso que estou no caminho certo, surge um novo obstáculo. Por que sempre comigo?

A vida em cor-de-rosa

ACHO QUE SYLVIE TEM SUAS SUSPEITAS QUANTO À LINGERIE – ou melhor, quanto à minha mentira. Talvez Antoine já tenha dado uma lingerie da mesma marca a ela. Ou então ela adivinhou, simples assim. Afinal, ela o conhece melhor que eu. Uma coisa é certa: eu vi a dúvida em seu olhar.

Preciso dar um jeito de fazê-la esquecer esse maldito sutiã.

Voltando para casa, paro na floricultura do meu bairro. Essa é uma das coisas que amo em Paris: existem lojas maravilhosas, com o verdadeiro charme das coisas antigas. É como se estivéssemos em um filme antigo em preto e branco. Fico observando a banca do lado de fora. Alguns dos buquês expostos na vitrine são simplesmente divinos!

— Suas flores são lindas — elogio a florista que as está arrumando. — Você poderia me dar rosas? Rosas cor-de-rosa?

— Não entendi — ela responde.

Pego o buquê que quero. Mais simples!

— Essas aqui.

— Ah, não, senhorita. Essas não são para você. São rosas do sul.

E daí? Ela me dá um outro buquê, pequeno e feio. Mas não é o cliente que deveria escolher? Ou será mais uma estranha tradição parisiense? Aqui deve ser a florista que diz quais flores você deve comprar. Estou tentando explicar que prefiro as rosas do sul – não as rosas feias que têm cara de nada – quando uma moça loira se aproxima de nós. Gosto do sorriso caloroso e do rosto doce dela. Comparada à florista, ela parece um anjo caído do céu.

— Olá, Claudette — diz. — São as rosas bonitas que ela quer comprar, não essas aqui.

Então, o milagre: a florista pega o buquê murcho e feio das minhas mãos e me dá o mais bonito. Depois de pagá-la, viro-me para minha salvadora.

— Obrigada, as pessoas aqui têm muita dificuldade com meu sotaque.

— Não, nada a ver — me responde enquanto saímos andando —, Claudette não é gentil com ninguém.

— Você é gentil — respondo. — E francesa. E entende meu sotaque.

— Não é tão difícil assim. E você? De férias em Paris?

— Estou morando aqui agora. Uau! Me ouvindo dizer isso, mal consigo acreditar!

Ela ri. Estendo-lhe a mão.

— Emily.

— Camille. Muito prazer.

Em seguida, conto de onde venho, a razão da minha vinda para cá e que meus colegas me receberam tão gentilmente quanto... a florista. Paramos para comprar café na padaria e continuamos batendo papo. Camille me fala de um grande mercado que fica no Marais.

— Para ir até lá, pegue o metrô e desça na estação Filles du Calvaire — explica.

— *Oh God*, na última vez que peguei o metrô, acabei no *arrondissement* vinte e um.

— Mas não tem *arrondissement* vinte e um em Paris.

— Foi uma ironia. Essa cidade é caótica demais.

— *Relax*. Paris parece um labirinto, mas, na verdade, é como uma cidade do interior. Você vai se dar conta depois de passar um tempo aqui.

De minha parte, acho que toda a gentileza que existe em Paris está concentrada em uma única pessoa: Camille. Me sinto tão bem com ela que é como se nos conhecêssemos há anos. Antes de nos despedirmos, ela me convida para um *vernissage* que vai acontecer à noite na sua galeria de arte. Segundo ela, vai ter um monte de gente, e até um cara de Chicago: Randy Zimmer, proprietário de uma grande rede de hotéis. Ele está em busca de obras para a unidade que vai abrir em breve em Paris.

Camille me faz prometer que vou.

Acho que acabei de fazer uma nova amiga.

Minha primeira amiga francesa!

Me dá vontade de postar uma selfie com o meu buquê. #AVidaEmCorDeRosa!

Que baita omelete!

QUANDO CHEGO EM CASA, VÁRIAS CAIXAS ESTÃO ME ESPERANDO no *hall* da entrada. Minhas coisas dos Estados Unidos! Claro que a zeladora não pode me ajudar, porque ela tem dois saquinhos de lixo para jogar fora e isso deve tomar, digamos... uma boa parte da noite dela.

Enfim.

Felizmente, Gabriel – que sempre aparece na hora certa – me ajuda a subir as caixas, que pesam uma tonelada. Pergunto-me como faria sem ele! E sem aqueles lindos olhos. E sem aquele sorriso irresistível. Ah, e sem aquela voz!

Hum...

— Sabia que temos tijolos em Paris? Não precisava ter trazido — ele brinca, sem fôlego.

— São só algumas coisas de casa de que realmente preciso.

Quando chego ao meu apartamento, abro uma das caixas e descubro um verdadeiro desastre: o pote da minha manteiga de amendoim preferida literalmente explodiu. Tem manteiga de amendoim por todo lado, inclusive numa foto minha com Doug. De todo modo, eu já pretendia jogá-la no lixo.

— Meu ex — esclareço para Gabriel.

— Minhas condolências.

— Ah, não, posso viver sem ele, sem problemas. Mas não sem *peanut butter*.

— Aqui temos coisas muito melhores que a sua *peanut butter* — ele responde.

Melhor que minha pasta preferida, orgânica, sem adição de sal e com pedaços de amendoim? Essa eu quero ver! Olho para Gabriel com um ar desafiador. Um pouco mais tarde, ele prepara um omelete para mim na casa dele. Estou amando vê-lo bater os ovos. Como ele segura a tigela com firmeza! E que delicadeza quando despeja os ovos na frigideira. Dá para sentir que ele gosta de mim. Melhor dizendo, que ele gosta. Que ele gosta de cozinhar. Ele cozinha devagar, saboreando cada etapa, sem pressa. E esse jeito de salpicar as ervas?

Fico arrepiada!

Ele põe tanto amor em cada gesto. Basta ver como ele me vira. Como vira o omelete, eu quis dizer. O omelete.

Depois de tudo isso, ele está finalmente pronto para ser degustado.

Quando experimento, quase desmaio. Eu tinha certeza de que estaria bom, mas não tão bom assim!

— *Oh my God*, tenho a impressão de que é o primeiro omelete que como! É *amazing!*

Ah, que baita omelete!

Vaca azeda

DESDE PEQUENA, GOSTO QUE TUDO ESTEJA ORGANIZADO. Por exemplo, no meu prato, as ervilhas precisam estar bem separadas das cenouras, e o molho precisa ser colocado ao lado. Agora, por causa de Antoine e do maldito sutiã, tudo em minha vida ficou misturado, uma bagunça total! Primeiro porém: ele é casado. Segundo: ele tem uma relação com Sylvie, que ficaria feliz em me ver no primeiro voo para Chicago. Terceiro: acho o presente muito inapropriado. Nos Estados Unidos, isso poderia render uma reclamação por assédio.

Hoje de manhã, saí decidida a colocar um pouco de ordem nas minhas ervilhas e cenouras. Quando chego à agência, ouço vozes vindas da sala de Sylvie.

— Com quem ela está? — pergunto para Julien.

— Com Antoine — ele responde.

— E por que eles estão brigando?

— Bom, a vaca foi para o brejo, a coisa azedou um pouco, e agora o grande Antoine está ameaçando procurar outra agência.

Não entendi muito bem a história da vaca azeda. Em contrapartida, o resto eu entendi muito bem! Preciso agir, porque se Antoine for embora logo após minha chegada, sei quem vai ser a culpada: a americanazinha que sorri o tempo todo! E depois, não é só isso. Pergunto-me se a vaca azeda não teria a ver comigo.

Entro no escritório cuja porta está entreaberta.

— Espero que não esteja incomodando?

— Sim — responde Sylvie, visivelmente irritada. — Dá para perceber, não?

— Ah, nossa americana em Paris — Antoine me acolhe. — Por favor, entre.

Caminho em direção a Sylvie.

— Só queria dizer que devo encontrar Randy Zimmer hoje à noite.

— Quem? — pergunta, surpresa.

— O grupo hoteleiro *famous*. Sua ideia. É sobre a ideia de Antoine de criar uma nova fragrância exclusiva para os hotéis, sabe? Seria muito bom para a Maison Lavaux.

Antoine volta a sorrir.

— Por que você não me disse nada? — pergunta gentilmente a Sylvie.

— Porque... eu não queria falar enquanto o projeto ainda estivesse sendo estudado — ela disfarça.

— É uma ideia muito original, muito nova, muito *exciting* — acrescento. — Uma excelente ideia, Sylvie.

Ela não parece tão feliz assim. Mas saco minha arma fatal: *ta-dam*, meu buquê de rosas do sul! Coloco na mesa dela antes de sumir.

O sutiã da discórdia

ORGULHOSA DE MIM MESMA, ME PONHO A TRABALHAR QUANDO Sylvie esfrega aquelas belas rosas no meu nariz. Será que ela sabe o quanto eu precisei batalhar para consegui-las? Bem se vê que ela não conhece Claudette!

— Posso saber o que você está tramando? — ela pergunta, irritada.

— Julien me disse que Antoine queria sair da agência, então eu quis ajudá-la.

Ela me mede de cima a baixo, com as mãos na cintura.

— Não preciso que você me ajude. E quero muito menos colher os louros por uma ideia que acho péssima.

— Espere para ver!

— Ah, mas com certeza.

Ela se distancia um pouco e depois dá meia-volta.

— Ah, aliás, enquanto penso a respeito, quem foi mesmo que mandou esse presentinho?

Eu tinha certeza! Eu sabia que Sylvie estava desconfiada. Ela não engoliu a história do amigo misterioso que me deu uma lingerie. Normal: ela já está sabendo do meu rompimento com Doug. É nisso que dá quando misturamos ervilhas e cenouras. Ficamos com elas entaladas na garganta.

— Meu... amigo... — balbucio, procurando desesperadamente um nome, qualquer um. — Ahn, meu novo amigo. Gabriel.

É verdade que esse não é um nome qualquer.

— Gabriel? Ah, meu Deus, parece que você fez muitos novos amigos em Paris, hein? — zomba.

E vai embora parecendo ainda mais desconfiada.

Um sutiã envenenado, é isso que ele é! Antoine não podia ter me oferecido outra coisa, sei lá, um camembert?

Boa pescaria!

O *vernissage* acontece bem no coração de Paris, numa galeria esplêndida. Convido Mindy, que adora ir para esse tipo de lugar. No caminho, conversamos sobre Sylvie, sobre o presente inoportuno e todo o resto. Segundo minha amiga, eu deveria passar uma noite com Antoine, principalmente se ele quiser me dar roupas de luxo e me levar para conhecer belos lugares em Paris.

Mas eu não sou assim!

O que eu quero é ganhar o respeito de Sylvie. E para isso preciso de Randy Zimmer.

Encontro-o conversando com Camille.

— Chicago, conheça Chicago — ela nos apresenta um ao outro. — Randy Zimmer. Emily Cooper.

Em seguida, ela vai conversar com outros convidados. Agora é minha vez de jogar.

— Que demais que você vai abrir um hotel Zimmer em Paris! — declaro com um entusiasmo exagerado.

— Sim, em novembro — ele confirma.

— Lembro que vi na Business Week de 2010 que quando você abriu um hotel em Zurique, você já queria abrir um aqui.

— Você por acaso conhece minhas entrevistas de cor?

— Sim!

Faz parte do meu trabalho: estar atualizada sobre tudo, procurar tendências, antecipá-las. Isso permite estar sempre bem à frente. Mas Randy Zimmer ainda não parece muito empolgado. Sem problemas: eu ainda tenho munição de reserva!

Eu o acompanho pela sala.

— Seria bom criar um eco que despertasse todos os sentidos. Não apenas lençóis de seda, uma bela vista, mas também um cheiro. Não há nenhum cheiro nos seus hotéis, e isso é um problema. É como um outdoor branco na Madison Avenue. As casas vazias são menos vendidas que as outras.

— Continue — ele propõe.

Yes! O peixe foi fisgado. Agora, preciso puxar a linha aos poucos. Bem devagar.

— *Well*, quando vendemos uma casa, se possível, temos que preparar uns biscoitos. Isso tem um efeito positivo sobre o comprador, que se sente em casa. E você também precisa de biscoitos.

Estendo-lhe não um biscoito, mas meu cartão de visita.

O peixe Randy mordeu o anzol!

E a picuinha continua!

———————— • 🏛 • ————————

NO DIA SEGUINTE, NA AGÊNCIA, ESPERO RANDY COM NERVOSISMO. Espero que ele não me deixe na mão! Quando enfim chega, deixo escapar um discreto suspiro de alívio. Encarrego-me de lhe apresentar Antoine e Sylvie, e Randy a cumprimenta com um beijo na mão.

— Então temos a cabeça e o nariz — deduz a respeito de Sylvie e Antoine. — E você, Emily, qual seu papel?

— A boca — responde Sylvie.

Okaaay. Chamo todos ao trabalho. Antoine trouxe os materiais de um perfumista: frascos e essências. Ele fala de seu *métier* com belas palavras, do tipo: criar um perfume é como compor uma sinfonia. Fascinante!

— Para o "De l'heure", por exemplo, partimos de uma simples melodia — continua. — Notas principais: bergamota, mandarina, vetiver. As notas intermediárias constituem o coração da fragrância: ylang-ylang, lavanda.

Ele borrifa o perfume em fitas olfativas para sentirmos o cheiro. Mas Sylvie escolhe outro método: ela borrifa o perfume no próprio punho e o leva bem abaixo do nariz de Randy. Tudo isso sem tirar os olhos de Antoine. O que é isso? Uma tentativa de deixá-lo com ciúme? Tipo, você deu uma lingerie para a americanazinha, então eu paquero o americano rico de passagem por Paris?

— *Well*, muito interessante — comenta Randy. — Mas também é uma decisão que demanda reflexão. E eu pego o avião amanhã.

— Ah, que pena! — Sylvie finge decepção. — Talvez você encontre outro perfumista em Chicago.

Antoine se aproxima dela.

— Quero fechar o acordo — ele diz em voz baixa.

— Você ainda é nosso cliente? — ela pergunta.

Ah, não, de novo a vaca azeda, não!

— Por que não discutimos a ideia todos juntos em um jantar num restaurante? — proponho sem pensar.

— Ótima ideia — aprova Randy. — Contanto que o guia Michelin recomende o lugar.

Julien quer sugerir um nome, mas Sylvie me encarrega da reserva.

Isso quer dizer que ela está começando a confiar em mim, não?

Deixo-os conversando e vou fazer algumas ligações. Só que todos os restaurantes já estão cheios para esta noite. Algo me diz que Sylvie me pregou uma peça!

Assim que termino uma ligação, Antoine vem falar comigo.

— Obrigado por essa ideia incrível. E eu sei que ela é sua.

— Agradá-lo é meu trabalho.

— Bom saber. Gostou do presentinho que mandei no outro dia?

Ah, ele faz bem em tocar no assunto! Ele sabe onde pode enfiar aquele presentinho? Claro que guardo essa resposta para mim. Não quero e não posso ficar brava com ele. Só quero fazê-lo compreender que nossa relação deve se limitar estritamente ao domínio profissional. Ele já tem uma esposa e uma amante, isso deveria ser o bastante, certo?

— Sim, foi muito atencioso — afirmo com diplomacia. — Só um pouco inapropriado. Eu não costumo aceitar lingeries de presente, principalmente da parte de clientes casados.

Ele ri baixinho.

— É isso que você achou? Que aquela produção era para mim? Não comprei para mim, comprei para você. Queria que você se sentisse sensual e forte ao mesmo tempo. Uma linda mulher pronta para deixar o mundo aos seus pés e conquistar Paris.

Sylvie chega exatamente nesse instante.

— Emily, reserve uma mesa para seis no Grand Véfour.

Depois, ordena que Antoine a siga. Como de costume, Julien – o fofoqueiro da agência – ouviu tudo.

— Esse restaurante tem uma lista de espera de seis meses, é impossível! — ele me informa.

OK, agora eu entendi direito. Sylvie me odeia e vai me fazer passar por todo tipo de provação.

A armadilha se fecha!

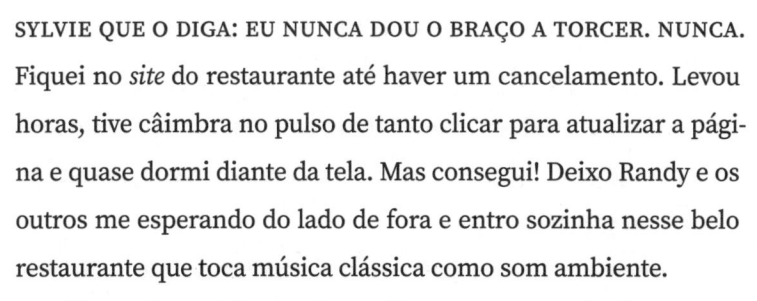

SYLVIE QUE O DIGA: EU NUNCA DOU O BRAÇO A TORCER. NUNCA. Fiquei no *site* do restaurante até haver um cancelamento. Levou horas, tive câimbra no pulso de tanto clicar para atualizar a página e quase dormi diante da tela. Mas consegui! Deixo Randy e os outros me esperando do lado de fora e entro sozinha nesse belo restaurante que toca música clássica como som ambiente.

— Boa noite, senhor — cumprimento o recepcionista. — Tenho uma mesa para seis pessoas no nome de Emily Cooper.

— Não existe reserva em seu nome, senhorita — ele responde.

Oi? Mas o que ele está dizendo? Talvez ele não tenha me entendido por causa do meu sotaque. Acontece toda hora.

— Existe sim. Eu confirmei *on-line*.

— Não existe, sinto muito.

Okaaay. Pego meu telefone para mostrar o *e-mail* de confirmação.

— Seis pessoas, 9 p.m., em 8/11 — leio em voz alta.

— Perfeito. Estarei à sua espera no dia oito de novembro. Você fez a reserva para o dia 8/11, e hoje é 11/8.

Oh my God.

Eu tinha esquecido que os franceses invertem tudo!

O que eu vou fazer agora? Sylvie só está esperando um fracasso meu, e agora também tem o contrato com Randy. Se perco essa oportunidade, posso até perder meu emprego!

Só vejo uma solução.

Saber se adaptar

LIGO PARA GABRIEL. MESMO O RESTAURANTE FECHANDO EM meia hora, meu salvador preferido aceita nos receber. Talvez não esteja no nível do Grand Véfour, mas tenho certeza de uma coisa: assim que Sylvie experimentar a carne macia de Gabriel, vai se derreter toda!

Só preciso encontrar uma forma de contar para eles. Saio do Grand Véfour equipada com meu maior sorriso.

— OK, tenho uma boa notícia e outra melhor ainda.

— Qual é a boa notícia? — pergunta Sylvie.

— Hoje vamos jantar no quinto *arrondissement*. Mais precisamente no restaurante de um dos chefs mais promissores da cozinha parisiense.

Sylvie sorri de um jeito zombeteiro. Depois que ela experimentar a carne de Gabriel, voltaremos a falar do assunto!

— E a notícia melhor ainda? — pergunta Luc.

— Vamos jantar no Grand Véfour em 8 de novembro, para comemorar a abertura do Zimmer em Paris! — declaro.

Isso se chama: saber se adaptar. E é bem útil aqui.

De verdade.

Minha subida aos céus...

O JANTAR ESTÁ INDO MUITO BEM. A COMIDA DE GABRIEL É DE cair para trás. Randy aceita assinar o contrato com Antoine para o perfume exclusivo de seus hotéis. E Sylvie tem a confirmação de que não menti: tenho mesmo um amigo chamado Gabriel.

Tudo está perfeito. Finalmente! As ervilhas e as cenouras voltaram ao seu lugar, para meu grande alívio.

Enquanto Randy e os outros estão saindo do restaurante, totalmente felizes, vou agradecer a Gabriel. Ele se desdobrou de verdade para que meus convidados pudessem aproveitar. Ele lhes serviu um verdadeiro banquete, com muito requinte e excelentes vinhos.

Eu jamais sairia dessa sem ele!

É como se ele sempre estivesse pronto para me ajudar, desde que cheguei. Como se... o destino o tivesse colocado no meu caminho. Ou no meu prédio, para ser mais exata. Gosto da ideia de que fomos feitos para nos encontrar. Ah, acho que o romantismo parisiense está começando a me ganhar!

E o pior é que estou amando isso.

— Foi incrível — elogio.

— Não foi nada — ele responde com modéstia.

— Não, foi mesmo excepcional. Você me permitiu brilhar.

— Não precisei fazer muito.

Nesse momento, Sylvie sai do banheiro.

— Obrigada pelo jantar, Gabriel. Estava inacreditável. E você também tem muito bom gosto para lingerie.

— Para quê? — ele se surpreende.

Ela nunca vai esquecer esse sutiã?

— Isso devia ficar entre nós — digo a Sylvie, levando-a até a porta.

Do lado de fora, ela sorri para mim. Não um sorriso de deboche ou de desprezo, não. Ele me pareceu quase... sincero. Será que é o vinho fazendo efeito?

— Emily, devo reconhecer que você fez um bom trabalho hoje. Estamos indo bebericar algo, se quiser, venha conosco. Mas tenho certeza de que você tem coisa melhor para fazer — acrescenta, olhando para o restaurante de Gabriel.

— Ele é meu vizinho, mora no andar de baixo, não quero complicar muito as coisas — confidencio.

— Em matéria de amor, quanto mais complicado, melhor — ela responde antes de ir embora.

Suas palavras me deixam pensativa. Reflito. Então, de repente, não penso mais. Talvez eu esteja prestes a cometer um erro, mas não estou nem aí. No instante seguinte, volto para o restaurante e dou um beijo em Gabriel.

Um longo beijo.

Os lábios dele são simplesmente deliciosos, macios, experientes. Ávidos. E nosso beijo me arrepia de prazer, da cabeça aos pés.

Eu não poderia ter sonhado com uma sobremesa melhor.

... e uma queda brutal!

SAIO DO RESTAURANTE AINDA ARREPIADA. NÃO SEI SE ESTOU apaixonada. Mas que sinto alguma coisa pelo meu belo cozinheiro, isso é certo. E quando nos beijamos, tive a impressão de que ele sentia tanto prazer quanto eu. Sim, talvez, ao falar de Gabriel, uma parte de mim teria adorado dizer "namorado" em vez de "amigo".

Na calçada, vejo Antoine nos braços de Sylvie. Parece que eles se reconciliaram. Um pouco constrangida, viro de costas para não os ver mais e, nesse instante, dou de cara com Camille.

— *Hi* — digo. — É engraçado como nos esbarramos o tempo todo! Acabo de jantar com Randy Zimmer.

— Aqui? — ela pergunta, mostrando o restaurante de Gabriel.

— Sim. É um restaurante maravilhoso.

— Eu sei — ela concorda. — O chef é meu namorado.

What? Eu devo ter entendido errado. Camille namora o cara que eu acabo de beijar loucamente? Aquele que me faz sonhar desde que cheguei a Paris? O C.S.S. que faz omelete com tanta sensualidade?

— Gabriel? — pergunto, em choque.

— Por quê? Você o conhece?

Só acabamos de nos beijar, só isso! Óbvio que não posso dizer isso para ela.

— Não, não muito — balbucio. — Ele mora no apartamento abaixo do meu, num prédio que fica no final da rua, perto da floricultura onde nos encontramos.

Agora tudo parece fazer sentido. Se nos conhecemos nesse bairro, é porque ela com certeza tinha alguma coisa para fazer aqui. Ou melhor, alguém para ver.

Gabriel chega bem nessa hora.

— Vocês duas se conhecem? — ele se surpreende ao nos ver conversando.

— Sim, pois é, nos conhecemos — confirmo.

— Está vendo? Eu bem que te falei — diz Camille — que Paris parece um imenso labirinto, mas na verdade é como uma cidade do interior.

Então eles se abraçam, diante dos meus olhos estarrecidos.

Gabriel tem namorada. E essa namorada é só a menina mais adorável e gentil que conheço e que já amo.

Mas isso é ainda pior que ervilhas e cenouras misturadas!

Não sei se Paris é uma cidade pequena. Tudo que sei é que, desde que cheguei aqui, minha vida virou de cabeça para baixo. E que, toda vez que penso que venci um obstáculo, outro aparece no meu caminho.

Estou começando a achar que essa cidade não me quer aqui!

Amigas de verdade

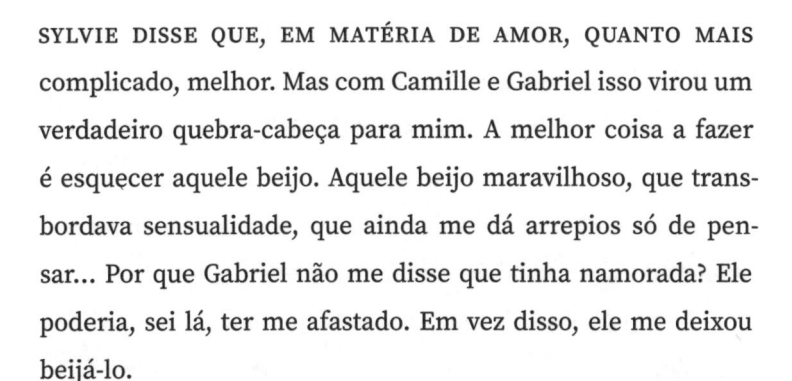

SYLVIE DISSE QUE, EM MATÉRIA DE AMOR, QUANTO MAIS complicado, melhor. Mas com Camille e Gabriel isso virou um verdadeiro quebra-cabeça para mim. A melhor coisa a fazer é esquecer aquele beijo. Aquele beijo maravilhoso, que transbordava sensualidade, que ainda me dá arrepios só de pensar... Por que Gabriel não me disse que tinha namorada? Ele poderia, sei lá, ter me afastado. Em vez disso, ele me deixou beijá-lo.

Sim, é verdade que eu *meio que* me joguei em cima dele. E agora estou me sentindo uma grande idiota!

Será que eu poderia colocar a culpa no vinho? Estamos na França, então eu diria que sim. O culpado foi o Pinard e pronto!

Antes de ir para a agência, tomo um café com Mindy. Preciso muito de um ouvido amigo, porque estou me sentindo perdida. Conto do beijo. E da vergonha que senti logo depois diante de Camille.

— Os franceses têm o costume de paquerar, então relaxa! — Assegura Mindy. — Aja como se nada tivesse acontecido.

— Não mesmo! Prefiro evitar Gabriel — respondo. — O que é impossível, já que moramos no mesmo prédio. Eu gosto dele e estava pensando que... Ah, já não sei mais, na verdade!

Na realidade, eu achava que Gabriel sentia alguma coisa por mim. Uma atração, talvez? Mas eu me enganei, simples assim. Quando faço meu pedido, também me engano e peço um *preservativo* em vez de *aperitivo*. O garçom me manda procurar no banheiro masculino. E eu? Morro de vergonha, vergonha, muita vergonha. Mais uma vez.

Mindy me explica que algumas palavras são chamadas de "falsos cognatos", ou "falsos amigos", como "bâton", que não significa "batom", mas sim "bastão". Ou como Camille e eu.

— Se você continuar amiga dela, vai ver com frequência o namorado super *hot* dela — enfatiza Mindy.

— Isso está fora de questão — respondo. — Vou evitá-la também.

E bem no momento em que digo essas palavras, quem aparece? Camille! Céus, como sou azarada!

— Ei, olá! — ela me diz, sorridente.

Depois de me dar um beijo, ela se senta à nossa mesa.

— Frequentamos o mesmo café, que ótimo! — ela comemora.

Ótimo mesmo. Tomar nota: nunca mais colocar os pés nesse lugar.

— Só vim buscar uns croissants para Gabriel — ela continua. — Caso contrário, de manhã, não consigo tirá-lo da cama.

Ela não vai abrir todos os detalhes da vida íntima deles, vai? Tenho vontade de fugir. Mas Camille – ou a gentileza encarnada – arruma meu lenço para deixá-lo bem parisiense. Depois, Mindy tira uma foto nossa para eu publicar no meu Instagram. Será que existe amizade à primeira vista? Porque é isso que sinto por Camille.

Amei essa nossa foto. Gosto de nos ver juntas.

E também gosto muito do namorado dela.
Sou um monstro horrível!

Good news!

TODAS AS REVISTAS FEMININAS DIZEM QUE, PARA CURAR UMA dor de amor, é preciso mergulhar no trabalho. Bom, OK, meu coração não está partido. Mas tem uma rachadurazinha...

E agora, quem vai fazer omelete para mim, hein?

E não é a perspectiva de ver Sylvie que vai levantar meu moral. Mesmo que ontem à noite ela parecesse estar satisfeita comigo, ela me fez entender rapidinho que nada nunca está garantido com ela.

A caminho da agência, recebo uma mensagem inacreditável: a marca de cosméticos Durée me convidou para um almoço exclusivo para influenciadores! É verdade que tenho muitos seguidores, mas não imaginava que influenciasse alguém. E, principalmente, não imaginava que uma empresa como a Durée pudesse me notar.

Seria um sinal de que Paris finalmente me aceitou? Quero acreditar que sim!

Assim que chego, corro para contar a boa notícia a Julien.

— Olha isso! — digo, mostrando meu telefone.

— Você, influenciadora? — ele se surpreende.

— Eu sei. Será que eles me confundiram com outra pessoa? Mas *I love Durée*! É a marca do primeiro gloss que comprei... Esse convite é legal, não é?

— Não, é tudo menos legal — ele responde. — Não falamos da Durée aqui, a empresa já foi um cliente importante nosso.

— O que aconteceu? — pergunto.

Ele faz uma cara séria.

— Eu te aconselho a não falar sobre eles, Emily.

Okaaay. O problema é que sou curiosa e detesto não entender algumas coisas. A Durée é uma marca incrível, quero saber por que ela deixou a agência – e, quem sabe, encontrar um jeito de fazê-la voltar.

Corro para falar com Sylvie.

— Eu queria saber se... — começo.

— Normalmente, nós batemos na porta, esperamos uma resposta e, depois, entramos — ela me interrompe com secura.

Eu estava certa em não cantar vitória tão cedo: ela continua não gostando de mim. Recuo alguns passos e depois bato na porta, como uma garotinha bem-educada.

Então, ela responde.

— Estou ocupada.

— Percebi que a agência não tem marcas de cosméticos entre os seus clientes. Vocês nunca tiveram? Bobbi Brown, Laura Mercier, Durée...

Ela me lança um olhar sombrio. Aparentemente, só o nome já lhe dá arrepios. Apesar disso, é um bonito nome, não é?

— Um gerente da Hästens Luxury Bends virá amanhã — ela informa, dando-me um catálogo. — E espero que você tenha ótimas ideias de campanha.

— Prometo. Mas quanto aos cosméticos, o que nós...

— Não — ela arremata.

Okaaay.

Realmente há uma vaca azeda entre a Durée e Sylvie. Mas isso não me impede de ir lá almoçar como influenciadora, não é mesmo?

Ah, estou amando este título: influenciadora. E se eu conseguisse influenciar suficientemente Olivia Thompson, a gerente de marketing da Durée, a voltar para a Savoir?

Sacolinha

AO CHEGAR NO LUXUOSO HOTEL ONDE SERÁ O ALMOÇO, descubro que existem dois tipos de influenciadores: aqueles que ganham a sacolona de produtos Durée – como Cashmere, um cachorro, e a tutora dele – e os outros, que recebem uma sacolinha de nada, como eu.

Como assim? Um golden retriever pode ter mais batons que eu? Ele é superfofo, mas mesmo assim!

Perplexa, dirijo-me ao responsável pela distribuição.

— Hum, será que eu poderia pegar a mesma sacola que Cashmere? — pergunto.

— Ah, deixa eu verificar — ele responde, enquanto dá uma olhada num tablet. — Você não tem seguidores o bastante. Dito isso, por favor, divulgue nossos produtos nas suas redes sociais. Esperamos pelo menos cinco *posts*. Com a rede que você tem, faça dez.

Dez posts tão minúsculos quanto a sacola que ele acabou de me dar?

Mantenho o sorriso.

— Com prazer. Vocês terão quantidade e qualidade.

Entro na sala de recepção, onde Olivia Thompson está fazendo um breve discurso diante de uma multidão de influenciadores. Preciso demais falar com ela! Mas ela se dirige a outro cômodo e seu assistente – o Sacolinha – barra a minha passagem.

— Posso ajudá-la, senhorita Emily em Paris?

— Olá *again*. Preciso conversar com Olivia.

— Não, não, não — recusa com um ar arrogante. — Se você quiser chamar a atenção dela, sugiro postar.

Mensagem recebida! Ao meu redor, todo mundo já sacou seu telefone. O essencial não é sair atirando para todo lado, mas encontrar o jeito certo. Algo que acerte em cheio. Vou fazer um vídeo meu em frente a uma parede coberta de folhas e morangos, com o nome "Durée" aparecendo bem grande.

— Graças à manteiga de macadâmia e ao óleo de jojoba, Durée fixa nos lábios — digo, prestando atenção ao ritmo, e depois pego um morango e o mordo. — E você verá como isso dará frutos.

Ah, estou orgulhosa do meu jogo de palavras, e não é pouco! Minhas aulas de francês também começaram a dar frutos. Acabo de mostrar que conheço a marca e os produtos dela, e isso é realmente essencial. Em seguida, começo a contar minha história de amor com a Durée, como aos treze anos descobri o gloss da marca, até que uma influenciadora me empurra sem cerimônia.

— Me dê um pouco de espaço — ela diz, irritada, com um sotaque espanhol. — Não é possível!

Paf, eis que ela se joga no chão, abrindo um espacate. Não sei nem o que dizer.

— Olá, meus seguimores — ela diz a seus seguidores. — Cliquem em Durée para ter vinte por cento de desconto nas minhas calças de yoga antifúngicas, Célia Splits.

— Uau! — exclamo. — Eu te marquei, sou Emily em Paris.

— Ai, sai fora. *Adiós. Gracias.*

Okaaay. No mesmo instante, Sacolinha se aproxima de mim.

— Hum, hum, Olivia vai conversar com você.

— Como é que é? — Célia Splits se ofende. — Como assim? Essa menina não tem nem vinte mil seguidores. Eu tenho dois milhões!

Ela continua reclamando em espanhol, mas eu já fui embora. E sim, não basta abrir um espacate para acertar na loteria! Uma pena para Célia Splits e suas calças antifungos.

Acompanho Sacolinha até outro salão, onde Olivia está me esperando. Ela parece me conhecer, mal consigo acreditar!

— Emily em Paris — ela me cumprimenta. — Você criou o meme de Vajajeune, que está bombando. Vi que Brigitte Macron te retuitou.

— Sim, e o *Daily Mail* também comentou — acrescento. Confesso que isso me deixou muito emocionada. — Fico feliz em encontrá-la, Olivia.

— Digo o mesmo. Gosto da sua criatividade. E você conhece nossos produtos como ninguém. Você é uma embaixadora brilhante.

Continuamos batendo papo até que abordo o assunto que me interessa:

— *So*, que agência representa vocês?

— Não trabalhamos mais com agências, isso já está ultrapassado e também muito caro. Damos preferência a influenciadores como você. Vocês são o futuro do marketing.

Como eu queria explicar minhas propostas, ela aceita me receber de novo no dia seguinte para um almoço.

Emily: 1. Sacolinha: 0.

Por um minuto

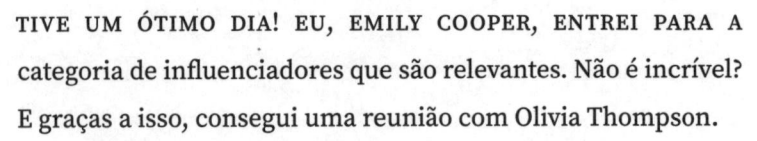

---•◦---

TIVE UM ÓTIMO DIA! EU, EMILY COOPER, ENTREI PARA A categoria de influenciadores que são relevantes. Não é incrível? E graças a isso, consegui uma reunião com Olivia Thompson.

A vida é realmente bela! Muito, muito, muito bela!

Assim que chego ao meu prédio, dou de cara com Camille e Gabriel, que estão abrindo a porta com um enorme sorriso no rosto. A cumplicidade deles é tão óbvia que dói de ver. E dói de sentir no coração também. Por um minuto, eles teriam saído e não teríamos nos encontrado.

A vida é mesmo difícil. Muito, muito, muito difícil.

Agora estou aqui, sendo obrigada a fazer uma cara totalmente natural, enquanto uma vozinha na minha cabeça está gritando "Não, não olhe nos olhos de Gabriel! Não, para a boca dele também não! Dá o fora! AGORA!".

— Ah, boa noite! — deixo escapar.

— Oi — responde Camille. — Você não foi trabalhar?

— Vou trabalhar de casa — explico.

Visivelmente desconfortável, Gabriel não diz uma única palavra. Quero eles indo embora! Rápido!

— Está brincando? — pergunta Camille. — Você não veio a Paris para ficar no seu quarto. Está fora de questão te deixar sozinha essa noite!

Quero protestar, mas ela já virou para o namorado.

— Você não concorda, Gabriel?

— Hein? Ahn, claro que concordo.

Camille engancha um braço no meu e o outro no do seu companheiro. E eu só queria desaparecer. Ou cair no esgoto!

Mas como recusar um convite tão gentil?

Primeiro, vamos fazer compras numa charmosa galeria de rua, e depois vamos beber algo. Rimos muito juntos, e talvez isso seja o pior: eu gosto muito deles, dos dois.

Em seguida, vamos a um lugar tão incrível quanto inesperado: uma exposição sobre Van Gogh onde, graças a um jogo de projeções imersivas, podemos mergulhar nas obras, em particular, na "Noite estrelada". Mesmo amando esses momentos com Gabriel e Camille, começo a sentir que estou sobrando. O que estou fazendo ali? Eles não precisam de mim segurando vela!

Sentamo-nos no chão para admirar o espetáculo.

— Amo dormir sob as estrelas — diz Gabriel.

— Lembra da última vez em que dormimos fora? — pergunta Camille.

— Claro — responde.

— Não dormimos, na verdade — ela detalha para mim.

É bem o que eu estava pensando: estou sobrando. Logo em seguida, Camille vê alguns amigos e me deixa sozinha com Gabriel. Certamente esse é o momento de esclarecer as coisas.

— Ela é incrível — digo a Gabriel.

— Ela também te adora — ele devolve.

— Eu não teria te beijado se soubesse que você estava com ela. Por que você não me disse?

— Eu não sabia que você ia me beijar.

Ele parece estar achando graça da situação, e isso me incomoda um pouco. Eu esperava outra coisa, acho. Seriedade, pesar. Lamento por as coisas não poderem dar certo porque ele tem Camille e nenhum de nós quer magoá-la. Tudo menos esse sorriso descontraído e um pouco debochado que me faz gaguejar:

— Eu achei... achei que você sentia... uh, não importa. Com certeza isso é coisa da minha cabeça. Então, vamos esquecer isso?

Nesse instante, percebo o quanto adoraria que ele me respondesse: "Não, Emily, não é coisa da sua cabeça. Eu também sinto alguma coisa por você. E gostei muito do nosso beijo".

Em vez disso, ele brinca:

— Esquecer do quê?

Digo a mim mesma que, com certeza, é melhor assim. Gabriel e eu vamos continuar sendo bons vizinhos.

Nunca mais haverá um omelete entre nós.

Camas para sonhar (sozinha, totalmente sozinha)

———— • 🌹 • ————

NO DIA SEGUINTE, NA AGÊNCIA, SYLVIE ORGANIZA UMA reunião com Klara, gerente da Hästens Luxury Beds. Mergulhar no trabalho, é isso que vou fazer. Minha vida amorosa pode até estar no ponto morto, mas tenho um trabalho, um trabalho que amo. Então, tenho que esquecer Gabriel. Tirá-lo das minhas lembranças. Ele nunca existiu, é isso! Assim como nosso beijo.

Por respeito, deixo Sylvie expor suas ideias à nossa cliente.

— Em Londres, Roma e Nova York, uma multidão foi ver Tilda Swinton dormir numa caixa transparente. Por quê?

— Porque ela é capaz de tornar tudo interessante? — supõe Klara.

— É verdade — Sylvie reconhece, rindo. — Mas também porque é muito viciante assistir a alguém dormir. Ficamos observando uma criança dormir. Ficamos observando quem amamos enquanto dorme. E a partir de agora, na vitrine da sua prestigiosa loja na Champs-Élysées, as pessoas poderão admirar um belo casal dormindo e se esquentando, durante um dia todo, numa cama Hästens. Um belíssimo quadro que põe em evidência as extraordinárias qualidades de suas camas de luxo.

Mas o belíssimo quadro – ou melhor, a fotomontagem – não parece cativar Klara. Aliás, a mim também não. A menos que fosse eu deitada na cama com Gabriel...

Não, sozinha. Totalmente sozinha.

— Gosto, mas não tanto assim — diz Klara com um muxoxo. — Tenho a sensação de que já vi isso. Vocês têm outras ideias?

Então, Sylvie faz uma careta. Ela parecia tão orgulhosa de seu discurso. No entanto, Klara tem razão. Já vimos mil vezes pessoas de verdade "expostas" numa vitrine. E, pessoalmente, isso não me faz sonhar. Ao contrário, eu sei o que poderia me fazer sonhar. Dormir sob as estrelas com Gabriel...

Não, sozinha. Totalmente sozinha. Acabou, não estou mais pensando nele.

— Posso? — pergunto a Sylvie.

Quando ela consente, explico meu projeto à Klara: a qualidade superior das camas Hästens nos permite ter os melhores sonhos. Mas por que sempre nos nossos quartos? Por que não sob um céu estrelado?

Na verdade, quero utilizar as redes sociais para que as pessoas venham experimentar as camas instaladas nos lugares mais instagramáveis de Paris: os Jardins de Luxemburgo, o Louvre etc.

— E não vamos postar fotos de modelos profissionais, apenas de pessoas que dormem e sonham — concluo.

Quando vejo o grande sorriso de Klara, sei que a conquistei. Ela gostou da minha ideia!

Foi Camille que me inspirou. Camille, a namorada de Gabriel.

Gabriel, cujos lábios ainda posso sentir nos meus.

Um beijo em que penso sem parar, mas que preciso esquecer para sempre.

Preciso de um detox, rápido!

Influenciadora, uma profissão de alto risco

O ALMOÇO COM OLIVIA THOMPSON NÃO FOI TÃO BEM COMO O planejado. Ela me propõe ser a embaixadora da marca Durée, só isso! Sinto-me lisonjeada, claro, e bastante emocionada. Eu adoraria aceitar, mas tem um porém: eu trabalho para a Savoir. Defendo a agência para Olivia, mas ela não cede: é a mim que ela quer, como influenciadora, e não como diretora de marketing.

Ela, inclusive, me dá um pequeno conselho antes de ir embora: pensar apenas em mim, como Sylvie.

Mas ela está enganada. Sylvie não pensa só nela: a prova é que ela está me esperando plantada na agência.

— Emily, é um costume profissional americano prometer coisas e não entregar nada?

Mas do que ela está falando?

— *Excuse me?*

— Klara, a gerente da Hästens, amou sua proposta e agora quer ver as camas dela instaladas no corredor do Louvre. Sugiro que você encontre um lugar para os colchões embaixo da Mona Lisa. Boa sorte!

Pelo seu jeito debochado, dá para ver que ela não acredita nem por um segundo que vou conseguir. Sim, talvez eu tenha me precipitado um pouco. Mas era isso ou a cliente procuraria outra agência! E depois, tenho certeza de que os funcionários do Louvre são superlegais.

— Vamos encontrar uma solução — afirmo. — Essa é uma ótima notícia, certo?

— Ah, é. Mas parece que você anda muito ocupada.

Então, ela me mostra minha página do Insta, ou mais precisamente o *post* onde eu como um morango elogiando os produtos Durée.

— Eles me convidaram como influenciadora — eu me defendo.

— E você achou que era uma boa ideia ir?

— Eu queria fazê-los voltar para a agência — confesso.

— Quem disse que os queremos de volta? — retruca Sylvie. — Se é uma influenciadora como você que eles querem, para nós, a resposta é não. As marcas escolhem a Savoir para elevar seus padrões. Não para os baixar.

Engulo essa crítica sem esboçar nenhuma reação.

— Estamos do mesmo lado — enfatizo.

— O problema é o que você simboliza. Não tenho nada contra você. É sua presença nas redes sociais que é um verdadeiro problema para nós. Você acabou de trabalhar de graça para a Durée. O que vão dizer os muitos clientes que pagam para que os representemos?

Well, é verdade, eu não tinha pensado por esse lado.

— OK, *so*... o que eu faço? — pergunto.

Ela me dá um sorrisinho de desdém que não me diz nada de bom.

— Apague essa conta.

O quê? Ela não quer aproveitar e me apagar junto?

Adeus, Emily em Paris

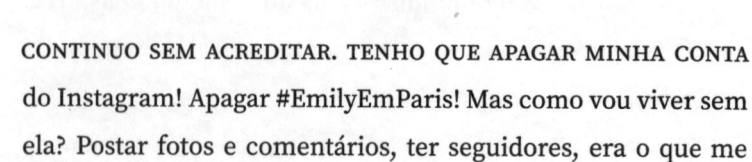

CONTINUO SEM ACREDITAR. TENHO QUE APAGAR MINHA CONTA do Instagram! Apagar #EmilyEmParis! Mas como vou viver sem ela? Postar fotos e comentários, ter seguidores, era o que me ajudava a me manter firme aqui. Bom, por um tempo, também tive o Mister Omelete, mas ele tem Camille.

Por que minha vida é tão complicada? Será que existe alguma coisa no ar parisiense, algo que deixe as pessoas totalmente *crazy*? Porque eu não vejo outra explicação. Antes, em Chicago, eu tinha meu trabalho e Doug. Eu fazia minha corrida todo dia, no mesmo horário. Tudo era bem organizado, sob controle.

Desde que cheguei à França, minha vida está de pernas para o ar!

Uma única coisa está clara na minha cabeça: eu não tenho escolha a não ser obedecer Sylvie.

Para encerrar minha conta em grande estilo, levo Mindy para um passeio noturno por Paris.

Postamos muitas fotos em um monte de lugares. Até abrimos uma garrafa de champanhe bem em frente à Torre Eiffel iluminada. Em seguida, um tanto bêbadas, descemos uma ruazinha charmosa no pé de Montmartre.

Mindy me conta alguns de seus perrengues com a administração francesa.

— Fizeram-me esperar por uma hora. E, no fim, me transferiram para o serviço de habilitação só para ouvir: "Não é possível".

— Não é possível — repito com ela.

— É a frase preferida por aqui — Mindy concorda, terminando a garrafa.

Ela tem razão. É o que me respondeu um funcionário do Louvre quando lhe perguntei se eu poderia colocar uma cama embaixo da Mona Lisa: "Não é possível!".

— A única pessoa capaz de colocar uma cama no Louvre é a Beyoncé — eu lamento.

Mas eu não tenho a conta bancária da Beyoncé. Daqui a um minuto, não terei mais nem conta no Instagram. Um último *story* com Mindy e #EmilyEmParis se despede.

Bolhas e uma confissão

O PROBLEMA DE BEBER CHAMPANHE É QUE, DEPOIS, NÃO NOS lembramos da senha para entrar em casa. Já tive que encerrar minha conta do Insta, e agora essa maldita porta se recusa a abrir!

Vou surtar!

E então, quem surge bem atrás de mim? Mister Sexy em pessoa! Como se eu precisasse dele!

— Está chegando tarde — ele observa.

Sim, porque passei uma noite incrível com um homem mil vezes mais gostoso que você, que sabe fazer omelete como ninguém e que não tem uma namorada chamada Camille!

É o que eu queria responder, mas estou com a cabeça embaralhada demais – ou melhor, embriagada – para formar frases compreensíveis. E depois, não é porque somos vizinhos que ele precisa saber de tudo. Eu tenho uma vida! Enfim, tipo isso.

— Você também está chegando tarde — respondo.

— Acabei de fechar o restaurante — ele diz, e então revela o código. — Cinco, dois, um, três. É uma pirâmide invertida.

Eu estava quase chegando lá! Só estava misturando os números, mas os franceses fazem isso o tempo todo, com as datas, com os andares. Então, eu também misturo. Isso se chama integração. Estou adotando os costumes locais.

Me irrita dar de cara com Gabriel, então subo as escadas sem dizer uma palavra. De todo modo, o que eu poderia dizer para ele, hein? Ele não sentiu nada quando nos beijamos. Ele até já esqueceu.

Ah, se eu conseguisse fazer o mesmo! Pena que não existe uma borracha especial para isso. Ou um botão para apertar, como fiz quando fechei minha conta do Insta.

Hesitante, Gabriel para diante da porta do apartamento dele.

— Não foi só você — ele acaba confessando, enquanto me viro para ele. — Eu também senti alguma coisa.

Subo os últimos degraus sorrindo.

Nada poderá acontecer entre nós, por causa de Camille, mas pelo menos agora sei que eu não estava sonhando naquela noite no restaurante.

Os arrepios foram compartilhados.

Golpe de sorte!

SEM O #EMILYEMPARIS, SINTO-ME COMPLETAMENTE ÓRFÃ. Toda vez que tenho vontade de postar uma foto ou uma *hashtag* legal, pego meu telefone e então me lembro de que não tenho mais a conta. É muito difícil, não consigo lidar com isso! Tenho a impressão de que tiraram uma parte de mim mesma. Não, pior que isso: minha vida! Sinto-me vazia.

Também não vou conseguir convencer o pessoal do Louvre. Desesperada, enquanto tento outros lugares emblemáticos em vão, Sylvie exclama do seu escritório:

— Emily, me dê seu telefone!

What? Ela quer confiscar meu celular também? E depois vai ser o quê? Meu sutiã? Meu namorado, se eu tivesse um?

Corro sem saber o que me espera.

— Mostre a última foto que você postou — ela exige.

— Ahn, eu já fechei a minha conta.

— Reative-a, então!

Não estou entendendo mais nada. Num dia, ela manda eu encerrar minha conta. No outro, quer vê-la. O que é isso? Outra mania francesa? Ou seria uma estratégia para me enlouquecer?

— Você disse que eu precisava... — começo.

A julgar pelo olhar dela, decido sabiamente obedecer. Mostro-lhe minha foto com Mindy perto de Montmartre. Sei que parecemos um pouco alegrinhas, mas não é tão grave assim, é?

— Ah, entendi, é a praça Dalida — ela reconhece.

— O que está acontecendo? — pergunto.

— Klara, a bruxa nórdica, está pedindo que coloquemos uma cama nesse lugar, e logo. E ela quer que você poste a primeira foto.

Klara me segue? Inacreditável! Tenho vontade de gritar e pular ali mesmo, mas me contenho. Não seria muito francês. Continuo indiferente como Sylvie, mesmo que meus pés queiram sair pulando.

— Por que eu?

— Eu me pergunto a mesma coisa desde o dia em que você chegou — ironiza Sylvie. — Ela deve ter visto que você tinha centenas de seguidores. E deve achar que isso vai ajudar a criar um efeito bola de neve.

Em outras palavras, vou poder ficar com a minha conta do Instagram!

A influenciadora Emily *is back*!

Estou começando mesmo a acreditar que Paris, finalmente, me aceitou. E que talvez, sim, talvez, essa cidade possa até me dar sorte.

Não para! Não para!

EU NÃO AGUENTO MAIS. COMO SE JÁ NÃO FOSSE DIFÍCIL O bastante encontrar Camille e Gabriel em todo lugar, vê-los abraçados e se beijando cheios de amor, também preciso escutar as longas noites de prazer deles. Os gemidos me impedem de fechar o olho. É simplesmente insuportável!

Para começar, com que direito eles fazem isso no apartamento bem abaixo do meu?

Sim, é verdade que Gabriel está na casa dele, mas mesmo assim!

Eles não poderiam me deixar dormir um pouco? Será que é pedir muito?

Estou por aqui desse monte de "Não para! Não para!" berrados em coro. De minha parte, digo: "Não, para! Não, para!".

Algumas pessoas querem descansar nesse prédio!

Porque elas não têm mais nada para fazer na cama além de descansar.

Infelizmente.

O preto é uma noção relativa

É COM UM POUCO DE CANSAÇO E INVEJA (SIM, MUITA INVEJA!) que vou para a agência. Além disso, um longo dia me espera: hoje de manhã encontraremos Pierre Cadault, o renomado estilista, para lhe propor um contrato com a Savoir. Será um verdadeiro desafio! Por essa razão, Julien me aconselhou a me vestir de preto. Foi o que fiz: estou usando um vestido e uma jaqueta de couro. Só o meu amuleto da sorte pendurado na bolsa é colorido. Desde menina, sonho em usar roupas da alta-costura e parecer com as heroínas de *Gossip Girl*. Quando eu era estudante, o máximo que podia ter eram pingentes de grife – nos quais eu gastava todas as minhas economias. Pierre Cadault seria um cliente realmente emblemático para a agência. Então, espero que meu amuleto cumpra seu papel e que eu não cometa nenhuma gafe hoje.

Ao chegar, surpreendo-me ao encontrar Julien vestindo um terno azul quadriculado.

— Ei, você disse que tínhamos que usar preto! — lembro.

— Eu disse que *você* deveria usar preto para não se destacar na Pierre Cadault — ele explica. — Já eu não tenho a menor intenção de passar despercebido. Emily, eu sonho em apertar a mão de Pierre Cadault desde que tinha doze anos. Na época, eu cheguei a roubar as revistas *Vogue* do salão de beleza da minha mãe. Ele é uma lenda.

Ele parece mesmo admirado.

— Sim, eu sei, Julien. Eu revisei meu dossiê. Eu sei tudo sobre a briga com Valentino. Sobre o relacionamento dele com Elton John. E também sobre a iguana que ele tanto ama e parece ser imortal.

— Na verdade, a iguana que ele tanto ama já morreu cinco vezes. Mas ele sempre a substitui, dando-lhe o mesmo nome para enganar todo mundo.

Não acredito no que estou ouvindo. Julien é mesmo o rei da fofoca!

Sylvie passa perto de nós sem prestar a menor atenção em mim. Mas já estou me acostumando.

— Ah, oi, Sylvie! — chamo-a. — Você viu meus *e-mails* para a estratégia das redes sociais?

— Pierre Cadault detesta todas essas coisas modernas — ela me explica. — Mas a diretora dele sabe que precisam entrar na competição. Se ele assinar com a agência, vamos abordar o assunto em outra oportunidade. Hoje, apenas observe, admire e trate de não chamar atenção.

— Vai ser fácil, estou toda de preto! — gabo-me, sorrindo.

Ela me observa.

— Em você, eu não diria que é preto.

Não entendi nada. Seria, talvez, o humor francês?

O amuleto do azar

O ATELIÊ DE PIERRE CADAULT É INCRÍVEL! SEMPRE SONHEI em colocar os pés em um lugar como esse, ver as costureiras trabalhando, admirar os esplêndidos tecidos, sentir o ambiente cheio de criatividade e de concentração. É Dominique, a assistente do estilista, que nos guia. Ela nos explica que Pierre Cadault não corre atrás das tendências, que ele é um artista. Ainda neste ano, ele ofereceu seu talento para criar o figurino de uma companhia de balé que vai se apresentar em breve na Ópera de Paris. Enquanto fala, a assistente nos convida a entrar numa sala onde tal figurino está exposto.

É tão incrível que fico sem voz.

De repente, uma jovem vem correndo em nossa direção, em pânico. É um incêndio ou o quê?

— Ele... ele está chegando! — ela anuncia.

Todo mundo congela assim que Sua Majestade, Pierre Cadault, aparece. Assim como Sylvie e Julien, mantenho-me bem ereta para causar boa impressão.

— Dominique, eu não queria que mostrassem o figurino, ele não está pronto! — ele se irrita.

— Pierre, as roupas estão prontas para brilhar, para exaltar o balé — ela lhe responde e depois nos aponta com um gesto. — É justamente o que a equipe da Savoir acabou de constatar, não é?

Ele ergue os óculos para nos ver.

— Ah, sim. As *instagrammers*.

Por que ele diz isso como se tivéssemos uma doença vergonhosa?

— Ah, não, senhor Cadault — apressa-se Sylvie para tirar essa impressão. — Conhecê-lo é o coroamento da minha carreira.

— O coroamento de uma vida — reforça Julien.

Minha vez de passar pelo teste.

— E você? — pergunta-me o estilista, aproximando-se de mim.

— Oh, é mais do que uma honra! — declaro, cumprimentando-o com um aperto de mão e olhando para Sylvie e Julien de canto de olho, preocupada. — *I mean*, na verdade, sempre admirei seu trabalho. E estar aqui é simplesmente *fabiulouso*.

— Fabuloso? — repete, desconfiado.

Acho que vou ter que explicar melhor o que quero dizer. Felizmente, nunca me faltam frases de efeito.

— Sua alta-costura é uma iguaria. Tenho vontade de devorar suas peças!

Nesse momento, ele repara no meu amuleto – um grande coração vermelho de pele falsa decorado com uma pérola e uma Torre Eiffel. Uma verdadeira declaração de amor à cidade de Paris!

— Cafona! — troveja.

Com essas palavras, ele deixa a sala. Depois, completamente confusos, Sylvie e Julien também saem. Saio pelas escadas atrás deles. Não entendi nada do que acabou de acontecer, nadinha de nada.

— Esperem! O que aconteceu?

— Cafona significa que você não tem sofisticação — responde Julien. — Ele te chamou de breguinha.

Mas por que ele reagiu assim? Tudo por conta de um pingente?

Thomas

———— • 🎒 • ————

EU DEVERIA TER IMAGINADO: A SORTE MUDA DE LADO. E, NO fim das contas, poderíamos dizer que meu amuleto da sorte me trouxe azar. À noite, vou beber algo em um café. Depois desse dia horrível – Sylvie e Julien não voltaram a falar comigo –, a última coisa que tenho vontade de ouvir é aquele coro de "Não para! Não para!" de Gabriel e Camille.

Enquanto observo um casal de clientes em que a mulher parece ser mais velha, um cara sentado na mesa ao lado fala comigo.

— Na sua opinião, ele é filho ou amante dela? — ele me pergunta.

Viro-me para ele. Hum, ele é gatinho, do tipo intelectual. Mas talvez sejam só os óculos que dão essa impressão. Seu jeito calmo também. Em todo caso, ele é fofo.

— Ah, na verdade eu estava vendo se a salada Caesar valia mesmo vinte euros — respondo sorrindo.

— Acho a mulher autoritária, até mesmo um pouco tirânica — ele começa. — Como uma mãe.

Eu aponto o casal.

E, nessa hora, ela começa a dar comida na boca dele, como... uma amante. *Oh god*! Espero que sim.

Gosto das histórias de amor que saem do comum, que ultrapassam obstáculos e clichês. Acho isso *so romantic, so Paris*!

— Quem perder paga a próxima taça de vinho — ele desafia.

— Você tem certeza de que vai ganhar?

— Sou professor de semiótica. É o estudo dos...

— Dos símbolos — interrompo. — Tenho mestrado em comunicação.

Então ele se apresenta: Thomas. Quando pergunto como vamos saber quem ganhou a aposta, ele diz que vamos ter que ficar no café até que o casal nos desvende o que está por trás de seu pensamento. Achei isso muito fofo. Em todo caso, muito mais fofo que um "Quero te paquerar". Então, ele me oferece uma taça de vinho e começamos a bater papo.

Durante horas.

Eu conto meus perrengues do dia, da agência. Ele diz que é cafona chamar alguém de cafona. Em seguida, ele me conta que o café onde estamos não estava na moda até Jean-Paul Sartre e Simone de Beauvoir passarem a frequentá-lo.

As palavras dele me fazem bem. Quem sabe? Será que um dia eu também poderia ser descolada?

Thomas não me acha cafona. Ele não me olha como se eu fosse um bicho do mato. Meio tonta. Vendo-me pelos olhos dele, acho-me divertida, inteligente.

Parisiense.

Então, por todas essas razões, e talvez porque eu esteja me sentindo sozinha, faço uma coisa que nunca havia feito antes: convido um homem para vir à minha casa na primeira noite.

Morta... de prazer

O SEXO À *LA PARISIENNE* É SIMPLESMENTE... OU TALVEZ SEJA só Thomas. Ele me mostrou coisas que eu não conhecia (mas também preciso dizer que as competências de Doug no assunto se limitavam a... pouca coisa). Ele arrisca tudo, não tem complexo. E quer que nos vejamos novamente. Só tem um probleminha: de manhã, antes de ir embora, ele se recusou a tomar banho porque queria "manter meu cheiro nele". Confesso que não sei muito bem o que pensar a respeito. Mas, fora isso, tive momentos deliciosos com ele. Três momentos deliciosos, para ser exata.

Quando estou saindo de casa, dou de cara com Camille.

— Olá! — ela cantarola, sorridente, antes de apontar para Thomas, a distância. — Quem era ele?

— Um professor que conheci ontem à noite — confesso. — Eu nunca tinha feito uma coisa assim. Ele poderia muito bem ser um assassino.

— Pensei a mesma coisa quando ouvi você morrer umas três vezes durante a madrugada — ela me diz, enquanto faço uma cara de confusa. — É uma expressão francesa. Ter um orgasmo é como experienciar uma *petite mort*, uma pequena morte.

What? Então todo mundo me ouviu morrendo? Estou morta, com certeza, mas de vergonha!

No fim das contas, eu me vinguei por todas as vezes que precisei ouvir nós-sabemos-quem morrendo.

Nessa madrugada, fui eu que disse "Não para! Não para!".
Ou será que gritei *"Oh, yes! Oh, yes!"*?
Talvez.

A vida de uma praga

A NOITE COM THOMAS ME DÁ FORÇAS PARA ENFRENTAR O DIA que me aguarda. Espero que Sylvie e Julien tenham digerido o incidente de ontem. Estou certa de que posso consertar o estrago que causei com Pierre Cadault, basta que me deem uma segunda chance. E depois, o estilista não pode me odiar para sempre só por causa de um amuletinho de nada, pode?

— Olha lá, se não é a nossa linda cafona! — Julien me recepciona.

— Ah, para — respondo, revirando os olhos.

— Eu disse "linda" — ele se defende. — Mas que é cafona, é fato.

— Escute, não sou qualquer coisa. Quer uma prova? Passei a noite com um professor de semiótica.

— Não há nada pior que um professor. É tosco!

Bem se vê que ele não morreu três vezes nessa noite. Invejoso!

— Não, ele não era tosco! Ele recitou Rimbaud e era muito *sexy*.

Amor com poesia de pano de fundo. Hum...

— Suponho que seja por causa de seu maldito poeta que você está uma hora atrasada.

— Não, a mensagem da Sylvie dizia para eu não vir antes das onze horas.

Surpreso, ele lança um olhar atrás de mim, fixando os olhos no que está através de uma porta de vidro. Sylvie está numa sala de reunião com um grande cliente: Fourtier, a prestigiosa marca de relógios. Mas sou eu que gerencio as publicações deles no Insta! Ela não deveria se reunir com eles sem mim!

Terminada a reunião, corro para pedir uma explicação a Sylvie.

— Por que não fui chamada para a reunião com a Fourtier? Eu tinha preparado uma apresentação.

Nesse momento, ela pede para Luc ser o intermediário. Parece que estamos na escolinha, quando uma menina se irrita e não quer mais falar diretamente com sua amiguinha!

— Luc, você pode dizer a Emily que ela não é mais responsável pelas redes sociais de Fourtier? E diga que por enquanto ela está de quarentena das marcas de luxo.

Quando protesto, ela acrescenta para Luc:

— E diga-lhe também que não estou com vontade de ouvi-la reclamar o dia todo e que ela pode voltar para casa. E certifique-se de que ela compreenda bem a noção de quarentena.

Obrigada, eu entendi. Assim como semiótica, a palavra é quase a mesma em inglês. O que não entendo é por que estou sendo punida. Não fiz nada de errado!

Mais que isso, eu não atravessei o Atlântico, quase desmaiei com o cheiro de um camembert, afrontei os "Não é possível", os "jecas" e os "cafonas" para ser colocada de lado desse jeito!

Que show!

NA HORA DO ALMOÇO, ENCONTRO MINDY NO PARQUE PARA onde ela leva as crianças de que cuida. Conto tudo para ela: meu encontro catastrófico com Pierre Cadault, Thomas e minha quarentena forçada.

— Não acredito que estou sendo punida por causa de um acessório! — lamento.

— Você tem um novo acessório masculino, então se console — ela brinca, agitando a metade da sua baguete.

Mindy sempre consegue me fazer rir. E sempre se esforça para levantar meu moral. Não sei o que eu faria sem ela! Devo-lhe muito. Recentemente, ela me contou que seu sonho era ser cantora. Quando era mais jovem, ela participou do programa Chinese Popstar. Um episódio que ela adoraria esquecer. Ela cantou mais desafinado que uma gralha e, quando todo mundo descobriu que ela era filha do rei do zíper, ela se tornou a chacota da internet. É por isso que ela fugiu para Paris.

Eu queria que ela realizasse seu sonho. Foi o que eu disse para ela outro dia. Todo mundo tem direito a uma segunda chance. E aparentemente minhas palavras fizeram efeito.

— Se eu preciso tentar subir novamente no palco e cantar, melhor subir no palco aqui, onde ninguém me conhece — confidencia-me. — Vi que haverá uma audição aberta no Crazy Horse.

— Ah, bom, *let's go crazy*! — incentivo.

— Não, para mim está fora de cogitação.

— Mas por quê?

— Porque só a ideia de subir num palco me dá enjoo.

Não posso permitir que ela deixe seu sonho de lado. Impossível! Sinto que é a minha vez de ajudá-la.

— Acho que você deveria ir.

— Sinceramente, acho que nem sei mais cantar — ela duvida.

— *Well*, cante para mim.

— Por que não? Um dia, quem sabe. Não agora, de todo modo.

Aponto para as pessoas ao redor. Sim, tem um monte de gente por perto, mas estão todos ocupados, ou conversando ou jogando petanca.

— Por que não? Olha, ninguém está prestando atenção na gente.

Mindy se coloca diante do banco e começa a cantar "La Vie en Rose". Ela me prende desde as primeiras notas. Essa música já foi cantada milhares de vezes, mas Mindy certamente tem seu jeito próprio de interpretá-la. Ela coloca tanta emoção que fico arrepiada. É comedida, sutil, delicada, como a sua voz.

Não sou a única a ser conquistada. Logo, sem que ela perceba, um grupo de transeuntes se junta ao redor dela para escutá-la. E quando ela acaba de cantar, recebe uma chuva de aplausos!

Mindy é uma cantora maravilhosa.

E uma amiga maravilhosa.

Nunca fazer encontro de casal

À NOITE, THOMAS ME ESPERA NA ENTRADA DO MEU PRÉDIO. Combinamos de jantar num restaurante. Estou feliz que ele tenha voltado. Eu não teria gostado de um "lance de uma noite". Se ele está ali é porque ele me curte pelo menos um pouquinho, certo? Talvez a coisa possa até se tornar séria entre nós. Enquanto conversamos, Gabriel e Camille saem do prédio. Parece que não posso dar um passo sem cruzar com eles! Mas agora isso me irrita menos que de costume, já que não sou mais a coitadinha solitária de plantão.

Gabriel me olha, depois fixa os olhos em Thomas.

— Olá — solta com um tom frio.

— Você não vai nos apresentar seu novo amigo? — propõe Camille, muito mais receptiva.

— Esse é Thomas — apresento. — Thomas, essa é minha amiga Camille e seu namorado Gabriel. Gabriel é chef do restaurante que fica ali na frente.

— Sim, mas hoje vou deixar outro chef cozinhar — conta Gabriel. — Vamos num barzinho de tapas no décimo *arrondissement*.

Camille balança a cabeça e arregala os olhos, como se acabasse de ter uma epifania.

— Ah, venham jantar conosco!

Eu bem que tentei recusar, mas de nada adiantou. Camille e Thomas parecem contentes. Eu um pouco menos. Uma noite a quatro é sempre agradável, mas, nesse caso... Tenho a impressão de que Gabriel também não está muito animado com a ideia. Está estampado na cara dele.

Mas Camille parece tão feliz!

Então, vamos a uma linda região que eu ainda não conhecia: o canal Saint-Martin. Mais um belo lugar em Paris!

— Era mais charmoso e autêntico antigamente — comenta Thomas enquanto andamos juntos, os quatro. — Agora foi invadido por um monte de burgueses parisienses.

— Eu ainda acho o lugar legal — retruca Gabriel.

— Ah, virou uma Disneylândia, comparado ao que era antes.

Não entendo por que, mas o clima é bastante frio entre Gabriel e Thomas. Sentamos no restaurante e pedimos uma garrafa de vinho e tapas.

— Gabriel, esse vinho que você escolheu é muito bom — digo, tentando aliviar um pouco o clima pesado.

— É de um pequeno produtor orgânico próximo a Rioja.

— Quando o assunto é vinho, Gabriel é especialista — Camille elogia.

— Com exceção do champanhe, que é a área de Camille — ele retribui.

— Ah, só porque eu nasci no meio. Minha família tem uma vinícola e um pequeno *château* em Champagne. Chama-se Domaine de Lalisse.

Esse nome parece interessar Thomas. Ufa, finalmente um assunto que une os três!

— Domaine de Lalisse? — ele repete, deixando as palavras no ar. — Nunca ouvi falar.

— Ah, é uma vinícola bem pequena! — ela explica, constrangida. — Mas não precisamos falar disso. Não tem nada mais chato.

— Concordo totalmente — Thomas apoia. — Não tem nada mais chato que falar de vinho.

Ou seja, não tem nada mais chato que falar de um dos assuntos preferidos de Gabriel. Se estava fria, a atmosfera em torno da mesa se torna glacial.

Tomar nota: nunca mais fazer um encontro de casal (principalmente se uma das pessoas é Gabriel).

Plano A, plano B

NO DIA SEGUINTE, A CAMINHO DA AGÊNCIA, REPARO NO CARTAZ de um espetáculo de balé: "O lago dos cisnes". Embaixo está escrito que o criador do figurino é ninguém menos que Pierre Cadault. Claro que isso me dá uma ideia. Uma ideia que me permitiria matar dois coelhos com uma cajadada só. Primeiro, conserto as coisas com o famoso estilista. Depois, faço as pazes com Sylvie. Julien me contou que, desde que começou a trabalhar na agência, ela sempre sonhou em fazer uma colaboração com esse grande artista. Então, se eu resolver o problema, vamos nos tornar melhores amigas!

Brilhante!

Assim que ela chega, corro para falar com ela.

— *Hey, girl*! — digo, fazendo ela revirar os olhos. — Desculpe, não vou mais fazer isso. Tenho uma coisa para você. Na verdade, duas coisas. Acho que você e eu, ou você e não importa quem mais, deveríamos ir ao balé tentar novamente a sorte com Pierre Cadault.

Entrego-lhe os dois ingressos que comprei, que ela rasga na mesma hora, sem dó nem piedade.

— É proibido mencionar o nome dele na minha frente até o final dos tempos, está claro?

Okaaay.

Meu plano A talvez não fosse tão brilhante assim.

Felizmente, ainda tenho meu plano B: convidar Thomas.

E você com isso?

———————— • 🖤 • ————————

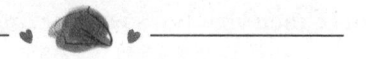

NESTA NOITE, DEFINITIVAMENTE NÃO POSSO MAIS ERRAR. ENTÃO, alugo um vestido lindo, compro uma bolsa, uma echarpe, luvas compridas e escarpins de saltos imensos. Depois, faço um lindo penteado no cabeleireiro do meu bairro. Quando me olho no espelho do banheiro, acho que tenho algo de Blair Waldorf, uma das protagonistas de *Gossip Girl*. E desço as escadas do prédio com graça. Não é culpa minha! Minha roupa me obriga a andar assim. Ela tem um tipo de poder mágico: o de me transformar em uma princesa. Sim, é isso, estou me sentindo como a Cinderela se preparando para o baile.

Gabriel chega bem nessa hora. Ele me olha da cabeça aos pés.

— Oi, Emily. Aonde você está indo vestida assim?

— Tenho duas entradas para um balé — respondo.

— E você vai com o Thomas, imagino?

Faço que sim com a cabeça.

— Ah, entendi. Bom, então, boa noite.

O que foi essa cara que ele fez?

— Você tem algum problema com Thomas? — pergunto.

— Nada demais, só acho que ele é um esnobe. Um idiota que finge ser um grande intelectual. Conheço esse tipo de homem. Na verdade, acho que você está perdendo tempo com um cara que não te merece, é isso.

E você com isso? Por acaso eu critico Camille?

Bom, é verdade que ela é absolutamente perfeita. Mas mesmo assim!

Gabriel é meu vizinho. Só meu vizinho. Ele não tem o direito de criticar meu namorado. Certo?

Esnobe ou não?

TALVEZ A ÓPERA DE PARIS SEJA UM DOS EDIFÍCIOS MAIS bonitos que já tive a chance de ver. E estou me sentindo ainda mais parecida com a Cinderela.

Meu príncipe encantado está me esperando no pé da majestosa escada.

— Emily, você está linda nesse vestidinho preto — Thomas me elogia. — Mas eu te acho ainda mais incrível sem ele. Só tem um probleminha. Você sabe que os ingressos que comprou são para "O lago dos cisnes"? Isso é uma piada?

Oi? Será que ele é alérgico a penas?

— Por quê? — pergunto, espantada.

— A última vez que vim à Ópera foi para ver uma obra-prima, "O bolero de Ravel". "O lago dos cisnes" é para turistas.

— OK — respondo, hesitante. — Eu só quero encontrar Pierre Cadault e tentar falar com ele. Então, quer me esperar no salão?

Ele franze as sobrancelhas.

— Você quer emboscar Pierre Cadault? Você está me dizendo que vamos assistir a um balé ruim para que você possa encontrar um velho estilista ultrapassado?

Pierre Cadault não é mais jovem, é verdade. Mas ele tem mais talento do que Thomas jamais terá. Mais do que tudo, ele faz parte das pessoas que sempre me fizeram sonhar.

E, de repente, me lembro das palavras de Gabriel.

— *Oh my God*! — exclamo. — Você é mesmo um esnobe!

— Esnobe? Os únicos que dizem isso são os pobres de espírito.

Talvez eu seja mesmo só uma pobre de espírito, mas entendi uma coisa: preciso terminar com esse cara agora. E já que ele é professor de semiótica, eu lhe dirijo um símbolo que ele poderá decifrar facilmente: um dedo do meio.

OK, isso não combina muito com a Cinderela, mas, em minha defesa, o príncipe também não era lá tão encantado.

Sim, foi mesmo Dan

ESQUEÇO DEPRESSA MEU TÉRMINO COM THOMAS PARA ME concentrar no meu objetivo: falar com Pierre Cadault. Encontro-o em seu camarote privado acompanhado por Dominique. Sei que não tenho nenhum segundo a perder. Vou ter que encontrar as palavras certas antes de ser expulsa. É tudo ou nada.

— Senhor Cadault — chamo. — Sou Emily, da agência Savoir. Eu só queria me desculpar por tê-lo ofendido no outro dia. E eu gostaria de dizer que o senhor tem razão: eu sou mesmo uma jovem brega de gosto medíocre. Quer saber porque eu estava com um amuleto? Porque eu e minhas amigas éramos obcecadas por *Gossip Girl*. Queríamos ser como a Serena Van der Woodsen, usando aquelas roupas de luxo criadas por grandes estilistas. Mas a única coisa do guarda-roupa dela que podíamos comprar era aquele amuleto comprado num shopping de Winetka. Então, sim, é verdade que isso faz de nós umas cafoninhas.

Dominique me olha com censura.

— Já chega, vou chamar o segurança.

Depois que ela sai, continuo falando, na esperança de convencer o grande estilista. Espero apenas que o agente de segurança tome cuidado com meu vestido – ele não é meu e preciso devolvê-lo em bom estado.

Depois de terminar, espero a reação de Pierre Cadault. Ele ainda vai me chamar de cafona? Ou de outra coisa? Então, ele finalmente me responde.

— Eu não acredito que era Dan.

— Como? — não entendi.

— Em *Gossip Girl*. Assistimos a série toda para descobrir, só no final, que era Dan.

Sim, Dan era *Gossip Girl*, o misterioso blogueiro que revelava as fofocas da alta sociedade nova-iorquina. Mas o que isso tem a ver? No instante seguinte, um agente de segurança vem me informar que o camarote é reservado aos VIPs.

Pouco importa.

Assim como a Cinderela no baile, eu não pertenço mesmo a esse lugar.

Amuleto do milagre

TENTEI O TUDO OU NADA, E AGORA OU VAI OU RACHA – É inacreditável a quantidade de expressões que aprendi nos últimos tempos! Pena que nem tudo progride tão bem. Hoje, na agência, não espero nenhum milagre. Imagino que minha quarentena não terminou e que Sylvie ainda me queira bem longe.

Enquanto preparo um café, ela se aproxima de mim.

— Então você foi mesmo à Ópera ontem à noite? — ela pergunta. Tudo que consigo responder é um "ahnnn...". — Acabo de receber uma ligação do escritório de Pierre Cadault. Ele quer que passemos no ateliê. Ele insistiu para que a *Gossip Girl* esteja presente. Imagino que só possa ser você.

Morro de vontade de gritar e pular ali mesmo. Mas como Sylvie está me olhando, forço-me a ficar calma e elegante, ao modo "Sim, sim, que novidade excelente", enquanto na minha cabeça estou mais para "*Oh my God, oh my God, oh my God!*".

— Oh? *Well*, que legal, não é?

— Não sei como nem por que, e também não quero saber de nada — ela exige, antes de avaliar minha jaqueta xadrez, minha blusa vermelha e meu jeans. — Quanto ao *look*, dê uma simplificada nisso aí.

— Que tal você com o seu *look*, e eu com o meu? — tento com um grande sorriso.

— Que tal uma passagem só de ida para Chicago? — ela retruca.

Okaaay.

Não tem problema.

Assim que Sylvie vira as costas, grito e faço uma dancinha alegre – em silêncio. Congelo quando ela me olha novamente.

Parece mesmo que estamos num pátio de escola, mas foi ela quem começou!

Um pouco fácil demais?

———————— • 📷 • ————————

MEU SUCESSO COM PIERRE CADAULT ME DÁ ASAS. AGORA, preciso provar que ele teve razão em confiar em mim. E tem outra coisa que vou precisar fazer: riscar Gabriel da minha vida.

Definitivamente.

Nessa madrugada, sonhei com ele, e isso não é nada bom. É como se eu já tivesse esquecido Thomas. Ou melhor, é como se ele nunca tivesse tido importância. Parece que os sonhos são a expressão do nosso subconsciente. Naquele momento, meu subconsciente me enviou uma mensagem que não poderia ser mais clara: eu tenho uma queda por Gabriel.

Definitivamente.

Quando estou indo para a agência, vejo Sylvie através da vitrine de uma elegante loja de roupas. Aceno para ela. Ela faz uma careta. Nada mais normal! No dia em que ela me acolher com um sorriso, vou começar a me preocupar. Ela sai da loja com os braços carregados de sacolas, e caminhamos juntas para o escritório – ou melhor, eu vou atrás dela.

— Pequena sessão de compras antes do trabalho? — pergunto, em tom de brincadeira.

— Ah, sim! — ela responde, dando um suspiro. — Ao contrário de você, tenho muito pouco tempo para isso. E estarei ausente na semana que vem.

— É uma viagem de negócios? Ou uma viagem *girly*? Ou talvez outra coisa?

— É uma viagem "cuida do seu nariz" — ela arremata.

Conheço essa expressão, mesmo que até agora não tenha entendido o que meu nariz tem a ver com essa história.

— Você definitivamente precisa de férias — afirmo. — Prometo que darei o meu melhor durante sua ausência. Ah! Posso supervisionar a festa da Fourtier, se você quiser.

— Não, não, não — ela recusa. — Vamos evitar mais problemas para gerenciar.

— *Well*, a estrela da noite é uma atriz americana. Então, acho que você pode aproveitar a americana que você tem aqui — argumento, apontando para mim mesma.

Sylvie para de andar.

— Você acha que está à altura de um desafio desses?

— *Absolutely*.

— Muito bem, você vai ficar de babá da atriz, mas não me encha com perguntas estúpidas. Se estou confiando isso a você, é para poupar meu tempo e minha energia.

Yeees! No entanto, uma voz dentro de mim sussurra que ganhei essa partida um pouco fácil demais. Organizar a festa da Fourier, onde a estrela Brooklyn Clark vai usar um relógio de dois milhões de euros, é uma responsabilidade e tanto. Parece até que Sylvie estava feliz por se livrar dessa missão.

Certamente é porque ela não conhece Brooklyn Clark. Eu a conheço bem: vi todos os seus filmes! Comédias românticas que me fizeram rir e chorar. Ela é uma atriz simplesmente incrível.

Vai ser ótimo encontrá-la.

Um plano muito ruim

FUI ENGANADA! BROOKLYN NÃO É NEM UM POUCO COMO NOS filmes. Vou pedir reembolso de todos os meus ingressos de cinema! Quando nos encontramos pela primeira vez, hoje, no palácio onde está hospedada, ela ficou andando praticamente nua, me pediu maconha e me deu um apelido ridículo: "chapéu de vaso". Mas eu acho meu chapéu tão bonito!

É o que estou contando para Mindy e Camille enquanto jantamos no restaurante de Gabriel. Não tive escolha: se eu recusasse o convite de Camille ou pedisse para comermos em outro lugar, ela teria desconfiado. Só espero não cruzar com o C.S.S. hoje!

— Brooklyn Clark é uma atriz americana superconhecida — explico para Camille. — Ela fez um filme em que uma confeiteira faz bolos de casamento, e os noivos se apaixonam por ela depois de provar os bolos.

— Ah, sim, sei! É bobo.

— Eu chorei — Mindy comenta, e todas damos risada. — Era muito triste, ela não sabia quem escolher.

Em todo caso, eu sei quem teria escolhido não encontrar: Gabriel, que vem se sentar perto de Camille. Por que ele precisa ser tão bonito? E misterioso, na medida certa? É insuportável uma mistura desse tipo. Uma verdadeira tentação. Até quando ele parece cansado, como agora.

— Olá — ele nos cumprimenta.

Quando ele beija Camille, forço-me a sorrir e a ignorar a pequena fisgada dolorosa no meio do peito.

— Você está trabalhando muito, querido — ela lhe diz com carinho.

— Eu sei, estou quebrado. Sobre o que vocês estão conversando?

Falo para ele de Brooklyn Clark e da festa de divulgação dos relógios Fourtier, o maior cliente da agência. De repente, uma ideia me vem à mente. Olho para meus amigos.

— Vocês deviam ir! Vai ser super *fancy*, e sou eu que cuido da lista de convidados.

— Ah, não, não posso — desculpa-se Mindy com um beicinho. — Vou trabalhar em Provença nesse fim de semana.

— E eu preciso visitar um colecionador em Bruxelas, para um grande negócio — diz Camille, que em seguida se vira para o namorado. — Gabriel, você está livre, certo? Você devia ir, querido.

Não, não, não! Eu me recuso a passar uma noite sozinha com o C.S.S. Quer dizer, não sozinha de verdade, mas sem a namorada dele. O que dá no mesmo! Essa ideia cheira tão mal quanto um camembert.

— Não se sinta pressionado — digo.

— Sim, eu vou, vai ser legal.

Legal? Para quem? Camille não me deixa tempo para responder.

— Ah, e tem uma coisa que com certeza precisamos festejar — ela declara, olhando nos olhos de Gabriel. — Posso anunciar a boa notícia?

— Não tem nada a ser dito... — ele responde, visivelmente embaraçado.

O quê? Eles vão se casar? Ela... está grávida?

— O patrão de Gabriel finalmente cedeu — Camille diz com um grande sorriso. — Aceitou vender o restaurante para ele. Gabriel vai, enfim, poder fazer tudo que quiser aqui.

Mindy e eu gritamos de alegria. Estranhamente, Gabriel não parece feliz.

— Sim, só que eu não tenho como — objeta. — Só tenho a entrada, não posso financiar.

— Meus pais aceitaram emprestar o dinheiro necessário para ajudar — Camille confidencia.

Gabriel faz uma cara estranha e volta para a cozinha. Algo me diz que essa ideia de empréstimo não lhe agrada muito.

Nem um Cadault

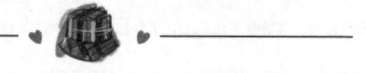

NOS DIAS SEGUINTES, TRABALHO DURO PARA QUE A FESTA DA Fourtier seja um sucesso. Ao mesmo tempo, cuido de Brooklyn Clark. À tarde, eu a levo ao ateliê de Pierre Cadault para que ela experimente alguns vestidos. A estrela escolhe um curto, de corte moderno, e vai apressada vesti-lo com Dominique. Como fico na sala, aproveito para admirar outras criações dispostas em uma arara. É uma pena que elas estejam muito além das minhas possibilidades. Talvez eu devesse tentar o cinema.

Um rapaz moreno entra na sala.

— Brooklyn Clark — ele me cumprimenta, estendendo a mão.

— Mathieu Cadault, muito prazer. Sua beleza é tão espetacular ao vivo quanto nos seus filmes.

Então é isso que é ser uma celebridade? As pessoas ficam te bajulando? Adoro!

— É mesmo? — eu me divirto. — Qual foi o último que você viu?

— Ahn, foi... *Beauty... Beauty Love*, quer dizer, acho, mas...

— Boa tentativa — respondo.

— Você não é Brooklyn Clark — ele compreende.

— Emily Cooper. Trabalho na Savoir, a agência de publicidade que Pierre escolheu.

Ele fica sério.

— Meu tio se precipitou um pouco. Não é ele que toma esse tipo de decisão.

— Mas é o nome dele que está escrito na porta. Quem decide, então?

— Eu. Sou eu quem gerencia os negócios dele. E, no que me diz respeito, nenhum acordo foi firmado entre nós.

Okaaay. Conto-lhe que consegui convencer Brooklyn Clark a vestir um Pierre Cadault, porque ela queria um Céline. Uma mentirinha não faz mal, faz? Matthieu aceita me dar um mês de experiência sob a condição de, mais que tudo, não vulgarizar seu tio.

Ele também quer um belo *post* da celebridade usando uma das criações deles.

Prometo tudo e mais um pouco. Mas o problema das promessas é que é preciso cumpri-las. Espero que Brooklyn faça sua parte.

Amante de um homem casado: um duro ofício!

———— • ♥ • 🥐 • ♥ • ————

A FESTA COMEÇA SOB UMA CHUVA DE *FLASHES*. BROOKLYN ESTÁ estonteante no vestido Pierre Cadault que destaca sua silhueta, assim como o relógio Fourtier de dois milhões de euros que enfeita seu pulso. Todos os convidados estão elegantes, e o salão, ambientado na atmosfera de um parque de diversões itinerante do século passado, é espetacular. Parece que a festa de promoção começou muito bem! Aliás, Sylvie, muito bonita em um vestido verde-esmeralda, parece pensar o mesmo. Ela está radiante. Com certeza suas próximas férias em Saint-Barthélemy com Antoine têm algo a ver com isso. Foi Julien, o rei da fofoca, que deu com a língua nos dentes.

— Brooklyn está usando um Pierre Cadault? — constata com um leve sorriso.

— Exatamente — confirmo. — E a ideia foi minha. Fazer uma promoção cruzada das duas marcas nas redes.

Levanto a mão para fazer um "toca aqui", mas Sylvie não responde. Pelo menos ela sorriu! Depois de assinar o certificado do seguro para o relógio, vejo Antoine chegando, acompanhado de sua esposa Catherine. Ai, meu Deus, acho que Sylvie não esperava por isso! Corro para falar com ela. De costas para a entrada, ela conversa com os convidados.

— Antoine está aqui — digo em voz baixa. — Veio com a esposa.

— Sim, eles estão na lista de convidados — ela responde com um tom seco. — Você tem algum problema com isso? Eu te disse para não me importunar com perguntas idiotas. Faça seu trabalho, Emily, e ponto-final.

Eu só estava tentando ser gentil!

Mas, como sou obediente, vou ao encontro de Brooklyn para fazê-la ensaiar seu discurso. Gabriel aparece bem nessa hora.

— *Check it out*! O cara mais gato da festa está se aproximando de nós. Como estão meus seios?

— Ahnn, firmes e bonitos — respondo, surpresa. — Gabriel, essa é Brooklyn Clark.

— Muito prazer — ele a cumprimenta.

— Vá com calma — ela sorri.

Ai, mas foi só uma forma de educação! Quero que ela se concentre no discurso, mas ela me chama de "assessora de imprensa burra" e vai embora sem ter lido o texto. Começo a compreender por que Sylvie não se aborreceu em me entregar o "bebê".

A noite segue perfeitamente bem, e os convidados se divertem muito com os jogos e com o carrossel. De pé ao lado de Gabriel, vejo Antoine vindo em nossa direção.

— Coloque seu braço em torno de mim — murmuro para Gabriel.

Todo mundo precisa acreditar que estamos juntos, principalmente Antoine e Sylvie. Não estou a fim de ganhar outro sutiã ou sofrer com uma nova crise de ciúme. E depois, bom, esse teatrinho está longe de ser desagradável, principalmente quando Gabriel pega na minha cintura. Aconchego-me um pouco nele. Só estou interpretando bem meu papel!

— Você está esplêndida — Antoine me elogia e me dá um beijo.

— É muita gentileza sua — agradeço. — Você se lembra de Gabriel?

— Sim, claro, o chef do restaurante. Belíssima lembrança.

Sylvie se junta a nós com Catherine. Elas conversam sobre um desconto em um relógio Fourtier – presente que Catherine deseja oferecer para o marido.

— O que você acha daquele em ouro rosé? — pergunta Sylvie para Antoine. — Ele valoriza sua pele. Esse relógio é incrível. Você definitivamente precisa comprá-lo.

De repente, sinto-me muito desconfortável. Não entendo como Sylvie pode encenar esse teatro, não entra na minha cabeça. Sei que ela tem sentimentos por Antoine, mas mentir o tempo todo? Eu jamais suportaria viver esse tipo de relação complicada.

— Ah, chef Gabriel — ela exclama ao vê-lo. — Você é inesquecível!

— Todos vocês estavam no jantar? — pergunta Catherine, parecendo surpresa.

— Sim, estávamos com um cliente — explica Antoine. — Foi o tartare de vitela dele que me permitiu fechar o negócio.

E se reconciliar com Sylvie. Mas isso, claro, ele guarda para si.

— Então precisamos jantar nesse restaurante o mais rápido possível — responde Catherine, voltando-se, em seguida, para o marido. — Talvez depois das nossas férias?

— Que férias, querida? — ele se espanta.

Ela coloca o braço no dele.

— Antoine se acha muito bom em guardar segredos. Mas o assistente dele me encaminhou acidentalmente um *e-mail* com a reserva. Ele vai me dizer que vamos para Saint-Barth na semana que vem.

Nessa hora, não sinto apenas incômodo, mas pena. Por Sylvie. Sylvie, que está se esforçando para não demonstrar nenhuma reação ao dizer adeus às suas férias românticas.

Não será ela que vai se bronzear ou aproveitar o ócio numa praia ensolarada com Antoine.

Relógio em fuga!

———————— • 🎩 • ————————

COM EXCEÇÃO DO INCIDENTE "FÉRIAS EM SAINT-BARTH", A festa é um verdadeiro sucesso. Saindo da sala de recepção, encontro Sylvie esperando um táxi. Ela tem um olhar perdido. Imagino que sua decepção deve ser imensa.

— Está tudo bem? — pergunto.

— Sim, obrigada, está tudo bem, Emily — ela responde.

Mas seus olhos tristes e amargos me dizem o contrário. Ela deve mesmo gostar de Antoine.

— Sei que essa viagem era importante. Sinto muito.

— Você não sabe nada — ela devolve antes de entrar no carro.

Okaaay. Ela também está brava. Outro sedã passa por mim, com Brooklyn Clark dentro.

— Oi, chapéu de vaso! — ela diz com o vidro aberto.

E vai embora sem me esperar! Não acredito! Gabriel se junta a mim bem nessa hora.

— Acabo de deixar a *crazy cinema star* escapar! — conto. — Ela saiu voando com um relógio de dois milhões de euros. Vou perder meu emprego! Queria estar com meu chapéu de vaso para vomitar nele!

— Por que você não liga para o motorista? — ele sugere.

Brilhante! Graças à ajuda do motorista, encontramos Brooklyn numa balada lotada, com uma música nas alturas. A atriz está conversando com um cara. Ela nos chama para beber e, depois, vamos dançar. Ou melhor, eu estou dançando na frente de Gabriel. Já Brooklyn se liberta completamente. Ela parece um pouco... estranha. Um pouco mais que de costume. Acho que ela não está no seu estado normal.

— Está tudo bem? — pergunto, preocupada.

— Ah, sim, só tomei um negócio para relaxar. *You see*, estou de boa. Partiiiiiiu!

Depois de se sacudir por todos os lados, ela corre para o banheiro. Eu com certeza deveria ir atrás dela, mas a bebida que tomei me relaxou. Me relaxou tanto que beijo Gabriel. Por muito tempo. Muito tempo mesmo. E é bom. Bom demais.

Um sinal de alerta acende em algum lugar na minha cabeça. O nome Camille fica piscando bem grande e em vermelho. Preciso ir embora, e logo!

Afasto-me com relutância.

— Vou enviar uma mensagem para Brooklyn. Está muito perigoso ficar aqui.

Perigoso para ela ou... para mim? Quando pego meu telefone, vejo que tenho um monte de chamadas não atendidas do diretor da Fourtier. Ele pegaria o relógio de volta no final da festa. Ai, meu Deus, ai, meu Deus, ai, meu Deus!

Corro atrás de Brooklyn, mas ela não está no banheiro. Também não há nenhum traço dela na balada.

O relógio de dois milhões se foi!

Síndrome de Cinderela

A ÚNICA COISA A FAZER É ESPERAR BROOKLYN NO HOTEL, torcendo para que ela tenha o bom senso de voltar. Peço um Uber, que leva uma eternidade para chegar. Ele deve estar vindo do outro lado de Paris! É aí que meu príncipe Gabriel me propõe uma outra solução: viajar no seu cavalo branco. Melhor dizendo, na sua *scooter*.

Sentada atrás dele, atravesso Paris em plena madrugada. E acho a Cidade Luz ainda mais bonita que de costume. Sem dúvida é porque estou abraçando Gabriel. Encosto a cabeça nele. Esqueço Brooklyn, o relógio, Camille. Sei que isso não é certo, que estou me fazendo mal por nada, mas como resistir? Se eu tivesse uma fada madrinha como a Cinderela, pediria a ela que aquele passeio durasse para sempre.

Chegamos ao palácio cedo demais. Peço para ver Brooklyn, mas o recepcionista – uma verdadeira mula teimosa – se recusa a nos deixar subir. Sem chance de fazê-lo mudar de ideia. Ele me lembra Claudette, a florista.

Gabriel sugere que esperemos no bar.

— Você não tem culpa de nada, Emily — ele me consola enquanto bebemos algo. — Ela saiu escondida, e só te resta esperar aqui. Vai ficar tudo bem, não se preocupe.

— Mas eu não sou assim. Eu me esforço para fazer as coisas direito. E tomei decisões erradas esta noite.

Quanto ao relógio e quanto a Gabriel. Eu nunca o devia ter chamado para essa festa. Não o devia ter beijado. Não devia estar sentada com ele, devorando-o com os olhos.

— Você não é a única a tomar decisões — ele diz.

— Talvez. Mas serei a única demitida amanhã.

E a única que ficará com o coraçãozinho sofrendo.

— Nem sempre é um problema perder o emprego — ele me tranquiliza. — Tire um ano sabático. Viaje pelo mundo. Apaixone-se...

Para isso, não preciso viajar pelo mundo. Basta olhar nos olhos do cara sentado na minha frente.

— OK, mas vou comer de graça no seu restaurante para sempre.

— Eu nunca vou ter meu restaurante.

— Você pode aceitar a ajuda da família da Camille.

Ele me olha como se eu tivesse acabado de dizer uma maluquice. Não sei por que ele está fazendo uma tempestade em copo d'água, é só um empréstimo. Um empréstimo que vai lhe permitir realizar o próprio sonho.

— Se eu aceitar o dinheiro, vou pertencer a eles — contesta.

— Não quero pertencer a ninguém. Mesmo que isso signifique colocar meu futuro de lado por um tempo.

Nesse momento, recebo uma ligação de Sylvie.

— Emily, por que o pessoal da Fourtier está me assediando às duas horas da manhã, me perguntando onde está Brooklyn Clark e o relógio de dois milhões de euros deles?

— Estou cuidando disso — finjo.

— Arrã, sim, sei. Com certeza você está dando seu máximo — ela duvida.

Surpresa, dou uma olhada ao redor. Ah, não, Sylvie está no hotel! Explico o que aconteceu enquanto vamos apressadas conversar com o recepcionista.

— Precisamos entrar em um quarto, e você sabe qual — ela exige.

— Eu ficaria feliz em ajudá-los — o recepcionista afirma. — Mas como já expliquei à sua colaboradora, a intimidade de nossos clientes é a...

— Eu sei, mas Brooklyn Clark pode estar morrendo agora no quarto — Sylvie interrompe. — Se uma estrela americana conhecida no mundo inteiro e seguida por pelo menos quatorze milhões de pessoas no Instagram morresse aqui, quais seriam as consequências para este hotel?

Nada feito. Com certeza ele fez aulas com a minha florista para ser tão teimoso assim.

— Você está exagerando.

— Talvez. Mas se eu tiver razão, sua imagem estará perdida para sempre. Você se importa com o seu trabalho ou ele não é tão importante? Você não acha que isso pode te perseguir pelo resto da vida?

Dando-se por vencido, ele deixa escapar um suspiro. Ah, ele parece menos espertalhão agora! Quando chega diante da porta, Sylvie pega o crachá das mãos do recepcionista e abre sem nem mesmo bater. A celebridade está enfiada na cama com o cara do bar.

— Vocês não podem entrar assim no meu quarto! — a atriz se irrita. — Vou chamar meu advogado.

Sylvie se apressa em recuperar o relógio, que está na mesa de cabeceira.

— Eu ia devolver — defende-se a atriz.

No tapete, tenho uma visão interessante: o vestido de Brooklyn jogado entre um cinzeiro cheio, uma garrafa de perfume, uma garrafa de álcool, uma taça vazia e lindas sandálias douradas. Tudo numa composição bastante artística. Uma superfoto para promover a marca de Pierre Cadault. Vai ser ousada e moderna, exatamente o que preciso.

— Não poste meus seios! — ordena-me a celebridade.

Que obsessão é essa que ela tem com os peitos?

— Fica tranquila — respondo.

— Chapéu de vaso! — ela grita para mim.

E eu grito ainda mais forte:

— Não me chame assim!

Decididamente, prefiro ela na telona. O meu limite com essa mulher já encheu meu chapéu de vaso!

A Cinderela não divide seu crepe... ops, seu príncipe

NO ELEVADOR QUE NOS LEVA DE VOLTA AO TÉRREO, NÃO CONSIGO evitar olhar para Sylvie com admiração. Eu amei a forma como ela se impôs diante do recepcionista. Se eu conseguisse fazer o mesmo com Claudette, a florista, eu a forçaria a me dar o mais belo dos buquês de rosas.

— Sylvie, achei você realmente *amazing*. Você não deixa ninguém pisar em você. Foi demais!

— Eu precisava pôr para fora.

A história das férias em Saint-Barth deve ter sido realmente difícil de engolir. Viro-me em sua direção. Queria lhe perguntar por que ela fica com Antoine quando poderia estar com qualquer outra pessoa. Alguém que fosse dela cem por cento, e não pela metade. Ela é bonita, inteligente, forte.

Então por quê? Por que sofrer assim?

— Você é feliz com esse homem? — pergunto.

— Pois você acha que a realização é o objetivo máximo de um casal? — ela devolve, olhando bem para mim. — Parece que sim.

— Eu acho que você merece mais, mais que cinquenta por cento de uma pessoa.

Ela acaricia suavemente meus cabelos.

— Para você, os *happy endings* existem? Você acha que um bravo cavaleiro vai vir te salvar e que vocês viverão felizes para sempre?

Na saída do hotel, Gabriel está me esperando na sua *scooter*.

— Ah, entendo por que você acredita nisso — diz Sylvie antes de entrar no táxi.

Mas Gabriel não é meu bravo cavaleiro. E em nenhum conto de fadas a princesa divide o rapaz por quem ela está apaixonada.

Sinto-me como a Cinderela no final do baile. O sonho se evapora. Retorno brutalmente à realidade.

— Quero ter certeza de que você vai voltar bem — explica. — Ou então, se estiver com fome, podemos comer um crepe em Montmartre. É o lugar mais bonito da cidade pra ver o sol nascer. Se você quiser.

— Se eu quero? Eu quero, *of course*! Mas quero mais do que isso. Não consigo dividir nada, nem mesmo um crepe. Eu quero o crepe todo. É melhor que a gente não se veja mais.

Eu nunca conseguiria fazer como Sylvie, contentar-me com migalhas de crepe que uma outra tem a bondade de me dar.

É nesse momento que a Cinderela renuncia ao seu príncipe super sexy para sempre.

Camille sabe de tudo

A FESTA DE DIVULGAÇÃO TEVE DUAS CONSEQUÊNCIAS, UMA boa e outra ruim.

Primeiro, a foto do vestido fez sucesso entre os internautas e também agradou a Matthieu Cadault. Ela tem exatamente o efeito que eu queria: tirar a poeira da imagem um pouco envelhecida da marca sem descaracterizá-la. Essa é a boa notícia.

A má é que Camille quer conversar comigo! Desde a festa, estou fazendo de tudo para evitar Gabriel e ela. Se os ouço sair de casa, congelo meu passo na porta e aguardo eles saírem. Será que ela sabe dos nossos beijos? O primeiro é desculpável: eu não sabia que ela namorava Gabriel. Mas e o segundo? Esse é imperdoável! Quando estou sozinha com Gabriel, é como se meu cérebro se desconectasse totalmente. É impossível me controlar. Só consigo ver os olhos dele, os lábios...

Estou precisando de um banho frio!

Mindy me diz que, para meu almoço com Camille, eu deveria evitar os restaurantes com facas, caso as coisas fiquem ruins. Acho que prefiro fugir de Paris sem deixar vestígios!

No entanto, encontro Camille no restaurante que sugeri: um japonês – portanto, sem faca, sábio conselho de Mindy.

— Tenho uma coisa bem esquisita para te pedir, até mesmo incômoda — ela diz quando estamos sentadas, parecendo de fato constrangida. — Na verdade, eu já falei com Gabriel e...

Ah, não, não, não! Não sei como ela adivinhou. Mas ela sabe de tudo! Ela sabe que eu beijei seu namorado, não uma, mas duas vezes, e que morro de vontade de beijá-lo novamente toda vez que o vejo.

— Ah — interrompo. — O que foi?

— Segundo ele, eu não devia falar disso com você.

— Ahn, então talvez seja melhor dar ouvidos a ele?

Sim, é isso, nada aconteceu. Os beijos sensuais foram esquecidos! Vamos agir como se nada tivesse acontecido.

Camille me olha com seriedade.

— Quero que você seja muito honesta.

Oi? Ela quer que eu confesse que estou totalmente maluca pelo namorado dela? Que ele me atrai como um ímã? Que eu sou uma amiga horrível, que não pensa duas vezes antes de beijar seu namorado assim que ela dá as costas? Mas essa é a verdade! Não é preciso um julgamento: eu sou mesmo culpada de todos esses crimes!

— Vai, conte-me tudo, estou te ouvindo.

— Você acha que existe um meio de a agência Savoir cuidar da campanha de marketing do champanhe da minha família?

Fico tão aliviada que quase desmorono na cadeira. Então é isso que ela queria me falar?

— Sei que provavelmente somos muito menores que seus clientes de luxo — ela prossegue, e eu continuo boquiaberta.

Finalmente consigo falar.

— *Oh my God*! *Yes*! Sim, claro!

— Que ótimo! — ela se alegra.

Ela me conta, em seguida, que o irmão e ela já convenceram a mãe a trabalhar com uma agência de publicidade antes, mas que não deu muito certo.

— Ela não deu continuidade. Mas pensei que, como somos amigas...

— Sim, é verdade. É verdade, é verdade, é verdade. Somos amigas.

Será que insisti demais? Felizmente, ela não percebe.

— Bom, então venha ao *château* comigo no fim de semana. Vai ser ótimo que mamãe te conheça e que você exponha suas ideias para ela. Caso contrário, vou precisar dirigir sozinha.

— Ah, Gabriel não vai com você?

— Não, ele vai trabalhar. E ainda está bravo comigo por eu ter pedido à minha mãe que emprestasse dinheiro para o restaurante. Ele se recusa a aceitar nossa ajuda. Uma verdadeira mula teimosa.

Eu o entendo: ele quer construir o sonho de sua vida sozinho. Mas não quero mais pensar nele. Nunca mais.

No fim de semana, vou viver uma vida de *château*!

O diagnóstico da doutora Sylvie

———— • 📷 • ————

À TARDE, CONVIDO MEUS COLEGAS PARA UMA BREVE REUNIÃO. Quero convencer Sylvie a aceitar promover o champanhe Lalisse. E pela cara dela quando digo o nome, sinto que vai ser complicado.

— Nunca ouvi falar deles — responde. — Eles têm dinheiro? Qual foi o faturamento deles no ano passado?

— Ainda não sei — confesso.

— O mercado de champanhe está muito saturado — afirma Luc.

— E qual é a identidade dessa marca?

— Ahn... — balbucio. — Ainda não sei de nada.

Sylvie solta a folha que segurava. Quando Camille me pediu o favor, não pensei a respeito. Pensei apenas: *ufa, ela não sabe nada sobre os beijos! E além disso, ela é tão gentil, como eu poderia recusar?* Mas essas duas reações não são lá muito profissionais.

Eu devia ter perguntado, ter preparado melhor o dossiê.

— Bom, o que você sabe sobre eles? — pergunta Sylvie.

— A empresa pertence aos pais da minha amiga, e ela gostaria que eles fossem nossos clientes.

Com as sobrancelhas franzidas, Julien parece incrédulo.

— De onde você conhece uma menina cuja família trabalha com champanhe?

— Ela namora meu amigo... meu vizinho Gabriel.

— Ah! — Sylvie deixa escapar. — Aquele com quem você foi embora após a festa da Fourtier?

O que ela está insinuando? Que dormi com Gabriel e que agora quero ajudar a namorada dele para, tipo... ficar com a consciência tranquila?

— Não, não voltei com ele — garanto.

Ela vira para Luc.

— É o chef do encontro com Zimmer

— Ah, o namorado da Emily! — ele declara.

— Não, ela só tem uma queda por ele — comenta Julien.

Será que eles não vão parar de falar da minha vida amorosa? Ou melhor, da minha vida?

— Você vai ao *château* da namorada dele para conhecer a família dela? — Sylvie tenta entender.

— Vou visitar um cliente em potencial — retifico, mas nenhum deles parece acreditar em mim. — Mas posso dizer a eles que a Savoir não está interessada.

— Então suas relações profissionais dependem das suas relações sexuais?

Ainda não acabou?

— Nós não transamos! — grito, deixando-os de olhos arregalados.

— Vocês deveriam pensar a respeito — Sylvie me aconselha, falando séria. — Estou sentindo que você está tensa.

Muito obrigada pelo diagnóstico, doutora Sylvie.

Bumbum dormente

O FIM DE SEMANA CHEGA RAPIDINHO. NÃO VEJO A HORA de conhecer o *château* de Camille e a família dela. Sinto que vai ser ótimo! No sábado de manhã, encontro-a na entrada do prédio, onde ela me espera perto de seu conversível vermelho – à moda antiga, com apenas dois lugares na frente.

— Vocês vão precisar se apertar — anuncia Camille.

Vocês? Quando Gabriel se junta a nós, meu entusiasmo murcha. Estou amaldiçoada!

— No fim das contas, ele topou tirar um fim de semana de folga — Camille explica.

E, claro, justo no final de semana em que Camille me convida. Começo a me perguntar se ele não está fazendo de propósito. Mas não vou cair desta vez. Vou ficar como uma estátua, indiferente, diante desse charme louco, desses olhos incandescentes e desse sorriso... hummm.

Uma estátua perfeita.

— Olá — ele me cumprimenta. — Há quanto tempo não te vejo!

Não diga. Sou muito boa em brincar de esconde-esconde.

— Vamos, subam! — Camille nos chama.

Durante todo o trajeto, sentada nos joelhos de Gabriel, não ouso me mexer. Por isso, meu sangue para de circular, tanto que eu estou com o bumbum completamente dormente.

Mas com certeza é melhor assim.

Meu bumbum é uma estátua.
Como eu.

Gabriel, o cozinheiro

QUANDO FINALMENTE CHEGAMOS, PULO PARA FORA DO CARRO. Não quero mais sentir, por um segundo sequer, o perfume delicioso de Gabriel e seus músculos rijos! Há limite para a tortura!

— O que preciso saber? — pergunto para Camille. — Por que a sua mãe não gostou da outra agência?

— Ela detesta estrangeiros — responde Gabriel.

— Não, para, não é verdade. Você vai ver, Emily, ela vai amar você. E tenho certeza de que meu irmão também. Ele está terminando a faculdade de administração. Minha mãe gostaria que um dia ele passasse a cuidar da vinícola. Ele deve vir nesse fim de semana. Acho que você vai gostar dele.

Irritado, Gabriel tira as bagagens do porta-malas.

— Ah, sim, você conseguiu o OK de sua mãe?

— Ela quis financiar seu restaurante — lembra Camille. — Foi você que recusou. Então, seja educado com ela.

Pelo jeito, o assunto continua delicado. Pergunto-me por que Gabriel parece tão tenso. É só por causa da história do empréstimo?

Visto de fora, o *château* é incrível, maravilhoso. E o interior me deixa sem palavras. Parece que estou viajando no tempo! Isabelle, mãe de Camille, nos recepciona.

— Você deve ser Emily.

Ela me cumprimenta com um aperto de mão e dá um beijo em Gabriel.

— Tudo bem? Não passei na feira, estou cheia de coisas para fazer. Então, você vai!

Que recepção é essa? Parece que ela está falando com um empregado. Aliás, Gabriel faz uma cara estranha. Acho que estou começando a entender. Nessa família, ele é um chef comum, desconhecido. Dito de outra forma, um homem que não está à altura de Camille, de sua estirpe. Talvez seja por isso que eles queiram financiar a compra do restaurante. Um dono de restaurante soa muito melhor, nos jantares sociais, que um "meu genro é cozinheiro".

Regra principal: não provoque as feras

--- ♥ 🥐 ♥ ---

ISABELLE SUGERE QUE EU VÁ VISITAR O VINHEDO, E GABRIEL me mostra onde estão guardadas as bicicletas. Eu poderia acompanhá-lo até a feira. Ficaríamos a sós entre as bancas. Talvez pudéssemos até nos esconder embaixo de um monte de frutas... Ah, não. É justamente isso que não quero mais: ficar sozinha com ele.

— Você não vai comigo? — pergunta, ofendido.

— Para fazer um passeio romântico de bicicleta e ir a uma feira charmosa? Ótima ideia. Por que não vamos logo para a granja?

— Ah não, não. Aqui não tem granja. Mas o celeiro é bem acolhedor.

Não estou vendo graça nenhuma. Por que tenho a sensação de ser a única a lutar contra nossa atração? Afinal, é ele que namora Camille. Então, ele devia fazer o possível para não cair em tentação, não é? Em vez disso, ele se convida para o meu fim de semana em Champagne e, para completar, me propõe um passeio romântico.

O que é que ele está querendo? Que eu me jogue em cima dele? Ele não poderia estar fazendo isso melhor!

— Estou brincando, calma! — ele para, vendo minha cara irritada. — Você está me evitando faz uma semana e agora faz essa cena. Garanto que só vamos à feira. Não somos animais. Não vamos nos agarrar.

Pego uma bicicleta e começo a me distanciar. Ele percebeu que eu o estava evitando... Não, preciso calar essa vozinha na minha cabeça que fica feliz com isso. Gabriel namora Camille. Ponto. Mesmo que ele sinta minha falta, não faz nenhuma diferença.

— Acho que o melhor, para nós, é não provocar as feras.

— Você está exagerando — ele reclama. — Podemos continuar sendo amigos.

— Não, claro que não podemos.

— Então, não vamos mais nos falar? O que vamos dizer para Camille?

— Nada. Nós seremos apenas conhecidos.

Sem sermos amigos. Ou o que quer que seja. Ele vai para a feira. Eu vou visitar a vinícola.

E ninguém vai se transformar em bicho.

É simples, não?

Remoagem

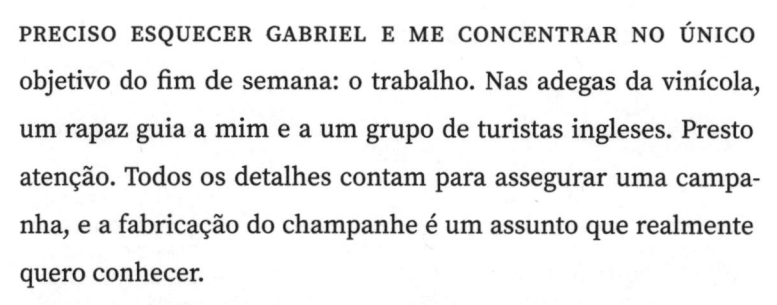

PRECISO ESQUECER GABRIEL E ME CONCENTRAR NO ÚNICO objetivo do fim de semana: o trabalho. Nas adegas da vinícola, um rapaz guia a mim e a um grupo de turistas ingleses. Presto atenção. Todos os detalhes contam para assegurar uma campanha, e a fabricação do champanhe é um assunto que realmente quero conhecer.

— E é isso que nos conduz à fase mais sutil de todo o processo: a remoagem — o guia explica. — Cada garrafa deve dar um quarto de volta, todos os dias, para que o depósito que se forma durante a fermentação se solte. Um verdadeiro *remueur*, nome de quem exerce esse ofício, consegue girar dez mil garrafas todos os dias.

Ele organiza, em seguida, uma pequena competição para ver quem consegue girar primeiro todas as garrafas de uma prateleira. E eu ganho. Eu sou a rainha dos *remueurs*!

— Parabéns! — nosso guia me felicita. — É você que vai experimentar a primeira garrafa.

Ele serve um pouquinho de champanhe para mim, e eu viro de uma vez. Excelente! Tenho certeza de que é um *grand cru*, apesar de não saber absolutamente nada do assunto.

— Deve-se beber apenas algumas gotas — observa uma das turistas.

Acho que depois da minha conversa com Gabriel eu precisava mesmo de alguma coisa para me reerguer. Mas, agora, acabo de passar vergonha na frente de todo mundo.

— Não tem problema — tranquiliza-me o adorável guia. — Vamos continuar a visita na sala ao lado.

Quando o grupo se distancia, o rapaz fica comigo. Ele é bem charmoso e gentil.

— Sinto muito — desculpo-me.

— Você pagou pela visita.

— Na verdade, não — confesso. — A vinícola pertence à família da minha amiga.

— Ah, é você a amiga da minha irmã? — pergunta, com um sorriso muito fofo.

— Emily — apresento-me, estendendo-lhe a mão. — E você é o irmão de Camille, certo?

— Sim, me chamo Timothée.

Ele não para de sorrir para mim. Mais do que do champanhe, é disso que preciso. De um rosto acolhedor. Sedutor. De um rosto que me faça esquecer do rosto de um outro...

— Então, um dia essa vinícola será sua?

— Talvez. Trabalho aqui todos os fins de semana desde que terminei o *collège*.

Ele me diz que, se eu quiser mais champanhe, basta dar um toque no ombro dele. E se eu quiser outra coisa, será que isso também funciona?

É isso que acontece...

O JANTAR EM FAMÍLIA É TENSO. A COMIDA DE GABRIEL ESTÁ muito boa. Tão boa que Isabelle pergunta por que ele não abre um restaurante com seu nome. Ele responde que isso vai acontecer um dia. E Isabelle se irrita porque ele recusa a ajuda dela.

Não posso nem pensar em falar de negócios, porque, aparentemente, não se faz isso à mesa.

Terminada a refeição, fico aliviada em me refugiar no meu quarto e conversar com Mindy por mensagens. Ela está passando o final de semana com um grupo de amigas da China. Até agora, não ousou confessar que é babá, e não uma estudante da faculdade de administração.

Enquanto conversamos, ouço vozes que atravessam as paredes. Isabelle e Camille estão brigando; escuto o nome de Gabriel.

É possível morar num *château* e não viver num conto de fadas.

Alguns minutos depois, Mindy me envia um vídeo. Ela cantou no placo de um grande cabaré! É a mesma música que ela tinha massacrado quando participou do *reality*. Salvo que, dessa vez, sua apresentação é divina, simplesmente divina. O público a aclama e, para festejar, suas amigas jogam champanhe umas nas outras.

Estou tão feliz por Mindy, tão orgulhosa!

Eu ia amar estar em Paris com ela, e não nesse *château* onde tenho que aguentar discussões pesadas. E a presença do C.S.S.

Saio para me deitar na beira da piscina e fico vendo o vídeo de Mindy, de novo e de novo, para me consolar.

Timothée se junta a mim com duas taças e uma garrafa de champanhe.

— Eu estava me perguntando onde você se escondia.

— Não estava me escondendo, só não estava conseguindo dormir.

— Aceita uma taça? — propõe.

Ele me diz que tem uma moto e que poderíamos fugir juntos. *So cute*! Conto que, lá em Chicago, eu tinha um *nice job*, um *boyfriend* muito *nice* e três amigas *nice*. Mas tudo já estava encaminhado. Eu não tinha mais nenhuma decisão a tomar, nem mesmo as erradas. Não queria uma vida sem surpresas onde tudo estaria programado de antemão. Mas aqui parece haver surpresas demais!

Me faz bem compartilhar tudo isso com Timothée.

Como ele me sorri com doçura, toco seu ombro para que ele encha minha taça mais uma vez.

... *quando se toca muito no ombro de alguém*

NO DIA SEGUINTE, ACORDO DE RESSACA. EU NÃO SÓ TOQUEI algumas vezes no ombro de Timothée. Eu toquei nele todinho no meu quarto, e é com a mente confusa que desço para tomar café da manhã com Camille, sua família e um rapaz que não conheço.

— Emily — Camille me recepciona. — Esse é o Théo.

— Fico feliz em te conhecer — ele me diz. — Camille não parou de te elogiar.

— Você também trabalha na vinícola? — pergunto.

— Ah, não, não mesmo — ela atravessa. — Ele é o meu irmão, de quem te falei.

Oi? Acho que ouvi errado. Ou é o efeito do champanhe. Meus neurônios estão com dificuldade de se conectar porque ainda estão nadando nas bolhas.

— Espera, eu achei que tinha conhecido seu irmão ontem, na visita guiada e também no jantar.

— Não, aquele é Timothée. Ele só tem 17 anos.

Vendo a minha surpresa, Théo explica que, na França, *collège* não é a tradução de "college", em inglês, que significa faculdade. Aqui, terminar o colégio equivale a chegar ao fim do *ensino médio*.

Que tipo de sádico inventou essa língua?

Logo depois, Timothée aparece e me dá um beijo. Diante de toda a sua família. Como eu poderia adivinhar que ele só tinha 17 anos? Ele parecia tão maduro! Eu nunca senti tanta vergonha em toda a minha vida. Gabriel chega e vai embora logo depois, chocado. Mas a culpa é dele se eu toquei no ombro do primeiro que apareceu!

Camille parece estar se divertindo muito com a situação, ao contrário de sua mãe, que me chama em seu escritório.

— Eu não tinha ideia de que ele era tão jovem — defendo-me. — Camille me disse que queria me apresentar o irmão. Ele parecia tão experiente falando de champanhe!

— Pare de falar por um minuto — ela ordena. — Nada disso me incomoda, de maneira alguma. O que quero saber é se meu filho mais novo esteve à altura.

Sinto calor, sinto frio, acho que vou desmaiar enquanto uma ideia horrível me atravessa o espírito. *Oh my God*! Sou uma predadora!

— Não me diga que foi a primeira vez dele?

— Céus, foi essa a impressão que ele te deu?

Não consigo acreditar que estou falando da minha noite com o filho dela. É bizarramente incômodo.

— *What*? *Oh, no, no, no*. Ele foi muito gentil. E muito doce.

Felizmente, ela não exige mais detalhes e não parece me odiar. Até consigo falar sobre o projeto para vender o excedente de produção: criar uma segunda marca de champanhe... feito apenas para estourar.

Foram Mindy e suas amigas que me deram a ideia. E Isabelle parece ter gostado.

Pelo menos o fim de semana não foi um completo desastre.

Azar no amor...

DESDE QUE CHEGUEI AQUI, APRENDI UM MONTE DE PROVÉRBIOS franceses divertidos. Por exemplo, "desgraça pouca é bobagem" e "casamento molhado, casamento abençoado". Ou ainda: "azar no jogo, sorte no amor". Depois desse fim de semana movimentado, eu poderia acrescentar: "azar no amor, sorte nos negócios". Afinal, faz semanas que estou morando em Paris, então já tenho o direito de inventar meus próprios provérbios, certo?

O destino foi mais que duro comigo em matéria de sentimentos. Eu me apaixonei completamente por um cara que já está comprometido; depois, esbarrei em um príncipe não encantado. Por fim, seduzi um garoto que mal saiu da escola.

Agora, está na hora de dizer: CHEGA!

Felizmente, meu trabalho me traz algumas satisfações.

Para começar, a ideia do champanhe para estourar agrada Sylvie. Ou melhor, ela não fez um escândalo – o que já é ótimo! Camille nos convidou para um *vernissage* no Marais hoje à noite, com a bebida espumante rolando solta. Parece um bom começo.

Depois, Judith, gerente da associação Americans Friends of the Louvre, entrou em contato comigo. Ela me segue no Instagram e gostaria que eu oferecesse um vestido Pierre Cadault para seu próximo leilão de caridade. Será um grande evento, por isso, uma excelente maneira de valorizar a imagem do grande estilista. E também fico feliz em ajudar uma compatriota.

Com a aproximação da Fashion Week, Pierre trabalha sem descanso. Mas seu sobrinho, Matthieu, aceita me encontrar no *vernissage* de Camille.

Vou para a galeria concentrada e cheia de esperança. Há muitos convidados e, como prometido, todo mundo pode experimentar um maravilhoso champanhe Lalisse. No que me diz respeito, com moderação. Aprendi a lição.

Camille está muito elegante em um vestido em tecido lamê bronze.

— Não vejo a hora de encontrar a chefe de quem você tanto fala e que parece assustadora — ela confessa.

Gabriel se junta a nós, com taças na mão. Hoje ele optou por um *look bad boy* que lhe cai muito bem e que destoa bastante da roupa dos outros convidados. Algo me diz que ele meio que fez de propósito. Seria uma maneira de mostrar seu espírito rebelde?

— Eu já a conheço — ele comenta. — Tudo bem, ela não morde.

Nem sempre é necessário mostrar os dentes para causar um medo assustador. Com um simples olhar, Sylvie é capaz de nos dar vontade de sair correndo.

— No escritório, ela assusta todo mundo — respondo.

E falando no diabo...

— Vocês vieram! — exclamo, vendo Sylvie chegar acompanhada de Luc. — Essa é Camille.

— Muito prazer! — diz Sylvie. — Estou feliz em conhecê-la. Não vemos a hora de representar o champanhe de sua família.

Nesse momento, Matthieu chega.

— Emily — ele me cumprimenta com um beijo na bochecha.

— Hum, se não é o querido Matthieu Cadault que nos dá a honra de sua presença — declara Sylvie.

— Emily pediu que eu viesse.

— Uma trabalhadora incansável — ela responde, de um jeito estranho.

Algum problema? Hoje estou cuidando do champanhe Lalisse, da marca de Pierre Cadault e do leilão. Sylvie deveria estar contente, não? Mas, pensando bem, eu me pergunto se alguma vez ela fica feliz. Camille nos apresenta algumas obras de arte. Depois, Sylvie puxa Matthieu para um canto para falar com ele. Ei, fui eu quem o convidou!

— O que está acontecendo entre vocês dois? — pergunta-me Camille assim que eles tomam distância.

— O quê? — devolvo a pergunta, surpresa.

— Entre Matthieu e você!

— Nada! — garanto.

— Você não percebeu que ele está te devorando com os olhos?

Não, acho que não. De todo modo, isso não tem importância nenhuma. Agora, me dedico ao meu trabalho, e apenas ao meu trabalho (e nada além disso). Não olho para jovens sedutores com sorrisos supercharmosos. Nem mesmo reparo neles. Estão riscados da paisagem. Nem existem mais. Do que eu estava falando, aliás? Esqueci!

— É um cliente da agência.

— E daí? Ele é charmoso, muito rico e herdeiro de Pierre Cadault. Está quase toda semana na *Voici* e na *Paris Match* acompanhado de celebridades.

Para resumir, é um *playboy*. Mais uma razão para que nossas relações se limitem ao campo estritamente profissional.

— Emily, ele é perfeito para você — assegura Camille.

— Porque ele é rico e sai com celebridades? — Gabriel tira sarro.

— Não, porque ele é muito talentoso e consegue fazer tudo dar certo na vida dele — ela responde secamente.

— Quando não é preciso levantar nem um dedo para ganhar dinheiro, é fácil — ele retruca.

Amor e dinheiro são como ervilhas e cenouras: nunca, nunca devem ser misturados. O mesmo serve para o amor e os negócios. Pelo menos é o que repito a mim mesma quando Matthieu me convida para jantar.

... *crepe, meu amor!*

NO FIM DAS CONTAS, MATTHIEU NÃO ME LEVA A UM RESTAURANTE, mas sim à sua barraca de crepe preferida. Isso me surpreende um pouco e me dá segurança ao mesmo tempo. Depois do que Camille me falou, eu estava com medo de que ele tentasse me paquerar diante de um suculento prato de *magret* de pato com cogumelos – ou de outro prato de nome improvável. Em vez disso, posso saborear um simples crepe com açúcar enquanto passeamos por uma ruazinha muito charmosa. E confesso que isso me agrada muito.

Tento não pensar no outro crepe: aquele que não pude dividir com Gabriel depois da nossa noite maluca à procura de Brooklyn Clark por Paris.

— É mesmo uma delícia. É engraçado como todas as culturas têm suas panquecas.

— Ah, você não está comparando nossos crepes bretões com as panquecas de vocês! — ele argumenta. — Sem sombra de dúvidas, somos nós que ganhamos.

— Você não experimentou as minhas panquecas — devolvo.

— Então você vai ser obrigada a fazer algumas para mim.

Sorrio. Será que ele espera que eu o convide para casa para lhe mostrar... a minha receita? Estou em dúvida. Nossos passos nos levam até uma loja onde uma tela mostra dois meninos vestindo um moletom com capuz. Isso me permite mudar de assunto.

— Veja, são os *designers* Grey Space. Eles lançaram essa edição limitada de moletons e os vendem por novecentos euros.

— Ah, sim, uma marca de *streetwear* — Matthieu comenta. — Eles vão desfilar na Fashion Week, não vão?

— Sim, e a estratégia deles é não anunciar com antecedência onde será o desfile. Assim, todo mundo fica na expectativa para saber.

Eles são muito bons em chamar atenção. E eu vou precisar chamar a de Matthieu. Eu tinha um objetivo quando o convidei e não o esqueci. Para não parecer brusca, e também porque me interessa, procuro saber mais sobre ele. Matthieu me conta que foi morar com o tio quando tinha treze anos e que sua vida era tudo, menos estável.

Nada a ver com minha infância, onde todos os dias eram parecidos.

Em seguida, toco no assunto delicado.

— A associação American Friends of the Louvre vai organizar um leilão de caridade em breve e queria saber se Pierre gostaria de oferecer um vestido.

— Ah, é assim que as coisas funcionam! — ele responde. — Pagamos vocês bem caro e, além disso, ainda querem presentes.

Bom, é verdade que dito desse modo... respondo com um sorrisinho constrangido. Um sorrisinho que significa: "Ai, tenha piedade de mim, *please*! *Please*! *Please*!".

— Bom, passe no ateliê amanhã e vamos ver se alguma coisa serve — aceita.

Ele me deixa ir embora depois de beijar a minha mão. E de dar um enorme sorriso que significa: "Até uma outra vez, espero". E também: "Gosto de você".

Acho que Camille tinha razão. Hoje Matthieu não apenas saboreou seu crepe. Ele também me devorou com os olhos.

Judith não mentiu

MERGULHO DE CORPO E ALMA NO TRABALHO, TANTO QUE OS dias passam rapidamente. Matthieu ofereceu um vestido lindo para o leilão de caridade. E não tentou me paquerar. Será que me enganei? De todo modo, ele já tem muitos troféus na sua coleção. Sim, eu vi os *sites* na internet que falam dele. Mas era apenas para o meu trabalho! É supernecessário que eu aprenda sobre meus clientes, não é? Isso é profissionalismo.

Acho que o provérbio "Azar no amor, sorte nos negócios" também está funcionando para Sylvie. Desde o golpe das férias perdidas em Saint-Barth, ela se recusa a atender Antoine. Ela também devolve todos os presentes que ele manda. Eu achava que a relação de "meio período" deles era conveniente para ela. Mas parece que ela cansou de dividir seu crepe com Catherine. De todo modo, um crepe é feito para uma única pessoa, não é? Não para duas. Se começamos a dividi-lo em pedaços, não sobra nada para morder!

Quando chega o leilão de caridade, tenho dificuldade em acreditar. Como o tempo pode passar tão rápido? A sala é linda, e os proponentes se sentam em torno de grandes mesas redondas.

Judith não estava mentindo: vai ser um espetáculo e tanto!

— *Hi, Judith*! — cumprimento. — Como o lugar é lindo!

— *Yes*, temos todos os maiores amigos do Louvre. E todos os olhos estarão voltados para o vestido de Pierre Cadault!

Sylvie chega, absolutamente incrível, como sempre.

— Muito prazer, Judith.

— Ah, é mesmo um prazer conhecer você, Sylvie. Emily me falou muito a seu respeito. E obrigada por essa queridinha. *So cute!*

— Se ela te agrada tanto assim, posso cedê-la para sua coleção permanente — responde Sylvie.

Vou colocar essa observação na conta do seu rompimento com Antoine. É isso.

Os convidados começam a chegar, entre os quais a dupla de *designers*, Grey Space, usando um macacão branco e munidos de mochilas com um ar futurista. Judith os confunde com o pessoal da dedetização! Corro para apresentá-los.

— Normalmente, é em mim que as pessoas prestam atenção — ela brinca. — Saio com minha calça de yoga e meu moletom de *cowboy* preferido. O *look* de vocês está *great*.

— Obrigado — responde um dos estilistas.

— Deixa eu adivinhar — digo. — *Ghostbusters*?

— Não, roupa de trabalho. É nossa coleção de primavera.

Eles explicam, em seguida, que vieram pelo vestido Pierre Cadault. Claro, aproveito para lhes falar da Savoir e oferecer nossos serviços, mas eles preferem gerenciar a comunicação internamente. Que pena!

Os Grey Space também não mentiram

COMO FUI PARAR NO PALCO COM O VESTIDO DE PIERRE CADAULT? Fácil. A modelo que o usaria não pôde vir, e Matthieu me designou para substituí-la. Eu não podia recusar.

Naquela peça curta e branca que parece um origami, sinto-me leve, um pouco como uma pomba ou uma nuvem. Também me sinto constrangida. Todos estão me olhando. Mas sei que faz parte do jogo e que só tenho um único desejo: que o leilão traga os valores mais altos possíveis para a obra de caridade e também para Pierre, que veio assistir à venda.

— Vamos começar nosso leilão em dez mil euros! — anuncia o leiloeiro.

As mãos se levantam, os lances aumentam, aumentam e aumentam! Sorrio cada vez mais tranquila. Como prometido, os Grey Space dão seus lances, e são eles que levam o vestido pela módico valor de... trinta e oito mil euros.

Inacreditável!

Pierre se levanta sob uma chuva de aplausos. Ele parece tão feliz! Depois, é a vez dos dois *designers* se aproximarem do palco.

— Parabéns, *guys* — felicito-os. — Estou muito feliz!

Enquanto um deles me filma, o outro ergue, na minha direção, uma mangueira presa na mochila. Deve ser um canhão de confete. Que ótima forma de celebrar a compra deles! Aguardo, sorrindo, a chuva de papeizinhos coloridos – vai fazer um lindo contraste com meu vestido branco. Já estou imaginando as fotos que vamos postar no Instagram. Por um segundo, o tempo parece parar.

Então, o cara joga tinta cinza em mim, como bala.

Pá, pá, pá!

O vestido ficou destruído. Meu rosto ficou cheio de pingos de tinta. Sylvie cospe seu champanhe na taça. E Pierre dá um grito de horror, como se acabassem de lhe arrancar o coração com um só golpe.

Nesse pesadelo, um único pensamento claro passa pela minha cabeça: os Grey Space também não mentiram. Eles realmente não precisavam de uma agência para fazer a própria publicidade.

A utilidade número um do quinto andar

DESCOBRI A REAL VANTAGEM DE MORAR NO QUINTO ANDAR: poder se esconder. Quem iria querer subir seis andares de escadas para vir nos procurar?

Para mim, é perfeito.

Depois do enorme golpe de publicidade dos Grey Space, eu queria poder ficar escondida em casa até o fim dos meus dias. Mas não posso. Preciso encarar Sylvie, querendo ou não. Ontem à noite, Pierre Cadault parecia desesperado.

Exatamente o contrário dos Grey Space, que estão fazendo barulho – e eu também, aliás.

Enquanto me arrumo para a forca, alguém bate na minha porta. É Gabriel.

— Oi. Ahn, eu fui ao mercado hoje bem cedo e peguei um jornal...

Ele me estende um exemplar onde minha foto se destaca com o título: Fashion Week – o escândalo Grey Space.

— Você visivelmente deu o que falar — ele continua. — Quer que eu traduza as expressões que você não conhece?

Não preciso. Vivi tudo ao vivo. Quanto a dar o que falar, eu preferia o silêncio. Estou me sentindo, acima de tudo, humilhada.

— Não estou com nenhuma vontade de trabalhar hoje — confesso.

— Fique em casa. Tire um dia de folga. Mate aula.

Ah, não, ele está, mais uma vez, sorrindo irresistivelmente!

— Eu adoraria.

— Eu também.

Pelo menos ele teve a gentileza de vir saber como eu estava.

Antes da minha execução.

A esperança faz viver

TEM UM OUTRO PROVÉRBIO DE QUE GOSTO MUITO: "ENQUANTO há vida, há esperança". É ele que me ajuda a abrir a porta da agência. Talvez Sylvie não esteja tão brava. Afinal, não tenho nada a ver com o que aconteceu. Foram os Grey Space que destruíram o vestido de Pierre. Como eu poderia adivinhar o que eles tinham em mente?

No espaço de uma noite, eles se tornaram estrelas da internet. O número de seguidores deles simplesmente explodiu. Até expuseram o vestido na vitrine da loja deles!

Enquanto estou preparando um café, Sylvie aparece com o telefone na mão. Na tela, há uma foto minha tomando o banho de tinta. A foto da vergonha.

— Isso aqui é uma merda — ela declara.

É verdade que isso resume toda a situação, mas não deixo transparecer nada. Não dizem que toda publicidade conta?

— Eu não li nenhum comentário negativo ou maldoso contra Pierre — afirmo. — Todos dizem a mesma coisa: é a velha guarda contra a nova.

— Então você acha que ser chamado de velha guarda é positivo?

— Mas isso pode virar a nosso favor — continuo tentando. — Pierre tem um monte de novos seguidores. E, na festa, conseguimos cem mil dos seguidores dos Grey Space. Pierre é o assunto do momento.

Sylvie não parece convencida.

— Assunto do momento ou piada do momento? Se ele deixar a agência, até Chicago vai querer sua pele.

O pior é que ela tem razão. Pierre estava num estado lastimável ontem à noite. Se o perdermos, eu perco meu *job*!

Dois cafonas com um sucesso de louco

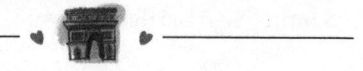

DECIDO IR CONVERSAR COM OS DOIS PINTORES DOIDOS. HÁ uma impressionante fila de espera diante da loja deles. Decididamente, eles causaram furor: todo mundo está comprando seus moletons. Isso me deixa ainda mais irritada. Eles fizeram publicidade à minha custa sem nem mesmo me pagar!

— *Hey, guys*! — cumprimento. — Lembram-se de mim?

— Ah, a moça do leilão! — responde-me um deles. — Esperamos que você tenha visto isso como uma performance, porque era nossa intenção.

Eu ouvi direito?

— *Oh, yeah*? Não, na verdade eu fiquei com a impressão de que dois cretinos vomitaram em mim.

— Sentimos muito — desculpa-se o outro.

— Somos fãs absolutos de Pierre Cadault.

Eu devo estar mesmo com um problema de audição hoje – ou, então, ainda tem um pouco de tinta nas minhas orelhas. Porque não estou entendendo nada do que eles dizem. Quando somos fãs, não devemos ridicularizar nosso ídolo, devemos?

De todo modo, isso me dá uma ideia. Se eles gostam tanto de Pierre Cadault como alegam, eu talvez possa lhes propor uma colaboração.

O antigo e o moderno. Ou melhor: o eterno e a nova guarda.

Sim, isso soa bem!

Só preciso convencer Pierre.

Eu consegui convencê-lo a fechar com a agência. Então, deveria conseguir convencê-lo a ficar.

Azar nos negócios

APRESSO-ME EM PROPOR MEU PLANO PARA PIERRE CADAULT, que, desde o dia anterior, estava recluso em seu quarto. Explico que os Grey Space querem quebrar as barreiras da moda; que, para eles, a moda é um conceito que evolui o tempo todo. Então, pegam coisas que já existem e colocam sua marca nelas. Reforço que eles o admiram muito e que adorariam ter seu *savoir-faire*, seu talento. Mas o grande estilista continua irredutível aos meus argumentos. Para ele, a moda não tem nada de conceito. Quanto ao moletom Grey Space pintado com seu logo, ele diz que não passa de um pano de chão.

Tento tudo o que passa pela minha cabeça. Sem sucesso.

Até aqui, sempre consegui dar um jeito nas coisas, mas, dessa vez, acho que realmente deu ruim.

Azar no amor, azar nos negócios.

Que provérbio péssimo!

Finalmente uma boa notícia!

———————— ❦ ————————

ALGUNS DIAS DEPOIS, ENCONTRO MINDY EM NOSSO CAFÉ preferido. Conto tudo para ela: a conversa catastrófica com Pierre Cadault, o beijo que Matthieu me deu em seguida... foi só um beijo de consolo, nada mais! Um beijo bem agradável, por sinal. Prometi a mim mesma que não olharia mais para os jovens sedutores. Nunca prometi que não os beijaria.

— Amo a moda, mas odeio a Fashion Week — minha amiga revela, enquanto, ao nosso redor, uma multidão de pessoas espera impacientemente para conseguir uma mesa.

— Também não me agrada muito — concordo. — Pierre Cadault está *sooo* misterioso. Ele não me deixa entrar no ateliê. Como vou fazer para promover o desfile se não posso ver nada?

Na verdade, estou morrendo de medo. Desde a "performance" dos Grey Space, o grande estilista parece duvidar de tudo. E isso não é bom. A agência precisa fazer a publicidade do desfile dele, é um negócio enorme para a Savoir. Por isso, Sylvie está no limite. E quando ela está nesse estado, todo mundo treme, começando por mim.

— Não é fácil — Mindy me conforta. — Quer uma boa notícia? O clube de drag queens onde cantei naquela noite me ofereceu um emprego! São só duas noites por semana, mas querem que eu cante.

— Ah, que *fantastic*! — exclamo, feliz da vida. — Espera, eles pelo menos sabem que você não é drag queen?

— Espero que sim.

— Eu estava brincando!

Ela gargalha. Na mesma hora, recebo uma mensagem de Matthieu. Ele quer me ver. Espero que ele também tenha uma boa notícia para me dar.

Um passeio para esquecer de tudo

ASSIM COMO ACONTECEU NA NOITE DO CREPE, MATTHIEU TEM mesmo o dom de me surpreender. Dessa vez, é em seu barco que nos encontramos. Bebemos uma taça de champanhe enquanto exploro Paris pelo Sena. É maravilhoso!

Nós voltamos para o cais no início da noite.

— O passeio de barco é sua técnica para impressionar as garotas? — provoco Matthieu enquanto passeamos de braços dados.

— Ando de barco sempre que tenho algum problema — ele confidencia. — Abre novas perspectivas.

— Qual é o problema agora? — preocupo-me. — Pierre?

— Ele ainda está digerindo a história dos Grey Space. Até de mim ele está escondendo a nova coleção.

Paro de andar. Tenho a impressão de que, por baixo daquele belo sorriso, Matthieu está realmente preocupado.

— Ele também não mostrou nada para você? Mas o desfile é daqui a três dias! *Oh My God*! É tudo culpa minha!

— Hahaha! — ele me tranquiliza, segurando minhas mãos. — Ele gosta muito de fazer isso. É um personagem. Vou te mostrar uma coisa: minha verdadeira técnica para impressionar as garotas.

Ele tenta mesmo me tranquilizar. E o pior é que está funcionando. Ele me leva para a linda sacada de seu apartamento, igualmente incrível. Matthieu vive mesmo uma vida de sonho.

Ele também é extremamente sedutor, elegante, romântico. Com ele, tudo é simples, leve, e exatamente o que preciso. Um momento desligada de tudo. Desligada... dos meus perrengues.

Enquanto nos beijamos, um alarme toca em algum lugar.

— O que é isso? — pergunto.

— A linha fixa. Ninguém conhece esse número a não ser Pierre. Desculpe, preciso atender.

Ele corre até o telefone.

— O quê? — exclama. — Não, não, não. Estou indo. Estou indo! Não saia daí!

— O que está acontecendo? — pergunto, assim que ele desliga.

— Ele quer cancelar o desfile da Fashion Week.

— *What*? — grito — *Oh my God*!

Ele já está vestindo seu casaco.

— Preciso vê-lo. Espero conseguir trazê-lo de volta à razão.

Eu também espero! Espero mesmo!

Quando o céu (de Paris) cai na nossa cabeça...

NA MANHÃ SEGUINTE, ESPERO ANSIOSAMENTE POR NOVIDADES de Matthieu. Tomara que ele tenha conseguido tranquilizar o tio! Não consigo prestar atenção em nada da apresentação de Luc sobre o projeto de colaboração entre o futuro hotel Zimmer em Paris e os perfumes Lavaux. Nada.

Estou morrendo de medo. Completamente aterrorizada. Se Pierre cancelar o desfile, não posso nem imaginar a reação de Sylvie. Envio uma mensagem para Matthieu.

— Emily, quer prestar atenção no que estou dizendo, por favor? — Luc me pede.

Quando guardo meu telefone, Julien dá um grito de susto olhando o dele.

— Oh. My. God.

— Com licença, estou falando — Luc se irrita.

— Urgência absoluta — afirma Julien. — Escutem, o Women's Wear Daily acaba de retuitar que Pierre Cadault cancelou o desfile!

— O quê? — Sylvie berra.

É isso, o que eu temia acabou de acontecer.

— Você tem certeza? — pergunto para Julien. — Ontem à noite, Matt disse que tentaria trazê-lo à razão.

— Matt? — Sylvie pergunta. — O que você estava fazendo com Matthieu Cadault ontem à noite? E por que eu não fiquei sabendo na hora que você soube?

Porque eu estava morrendo de medo, eis o motivo. Quando meu celular vibra, ela pula para agarrá-lo.

— Alô, Matthieu?

Ela pega meu telefone e põe no viva voz.

— Pierre cancelou o desfile hoje de manhã — relata Mathieu. — A nova coleção está pronta, mas ele se recusa a mostrar. Tentei pressioná-lo, mas ele estava lá gritando "Cafona! Cafona"! diante de cada uma das peças expostas.

— Cafona — repete ela, fuzilando-me com os olhos.

Tenho a impressão de que esse adjetivo ainda vai ficar grudado na minha pele por muito tempo. Terminada a conversa, ela se vira para mim com o semblante glacial.

— Você tem noção do que causou? Convenceu Pierre Cadault a doar um dos vestidos dele, que foi destruído. Isso abalou a confiança dele a tal ponto que agora ele se recusa a desfilar na Paris Fashion Week pela primeira vez em três décadas. E, para coroar a situação toda, você ainda dormiu com o sobrinho dele!

Algo me diz que ela não está contente.

— *Well*, essa parte não está totalmente exata — intervenho timidamente.

— Nós temos, então, um ícone da moda que se recusa a desfilar — ela prossegue sem me dar ouvidos. — O que é mais ou menos a mesma coisa que uma americana que fala um francês macarrônico e cria o caos numa agência de publicidade parisiense.

— Deixe-me falar com ele — suplico.

É verdade, tenho certeza de que podemos tentar convencer Pierre. Basta Sylvie me dar uma última chance.

Ela me devolve meu telefone.

— Você está demitida — ela anuncia sem clemência. — Saia do meu escritório. Pegue suas coisas. Não quero mais ver você aqui.

Não, não é possível. Abro a boca. Fecho. Estou chocada demais para me defender. De todo modo, Sylvie tomou sua decisão. O que eu poderia dizer, hein?

Um acalento para o coração

NÃO CONSIGO ACREDITAR. VOU PRECISAR DEIXAR A AGÊNCIA, meus colegas, Paris. Fico em pé atrás da minha mesa, incapaz de reagir. Incapaz de aceitar que vou dar adeus a tudo isso. Eu me apeguei a Julien, a Luc e a Sylvie. Sim, até a Sylvie.

Consegui me adaptar e já me sentia bem aqui. Tinha a sensação de ter a vida de liberdade que sempre sonhei. Mas agora ela está voando para longe. E levando a minha carreira junto. Porque minha demissão com certeza vai ter repercussões em Chicago.

Preocupado, Julien se aproxima de mim, acompanhado por Luc.

— Você está bem? — Luc pergunta.

— *No* — respondo. — Sylvie me demitiu.

Mas por que eles parecem aliviados? Não estou entendendo!

— Ah, se é só isso, tudo bem! — responde Luc.

— Sim, tudo bem — concorda Julien. — Ninguém morreu. É impossível demitir um funcionário na França.

— *What*?

— Sim — confirma Luc. — Entre a burocracia trabalhista e todo o resto, leva meses!

— Anos! — reforça Julien. — Apenas deixe de lado todo o seu amor-próprio, venha uma ou duas vezes por semana mexer em uns papéis na sua mesa e não faça contato visual com Sylvie.

— Eu tenho um amigo que foi demitido de um grande escritório de advocacia — conta-me Luc. — Ele ficou tão chateado que jogou o telefone no Sena. Durante semanas, não conseguiram contactá-lo para encerrar o processo de demissão. Então, desistiram. E agora ele é sócio da empresa!

Julien sorri.

— Se isso te ajudar, dê seu telefone para nós, vamos jogá-lo fora.

Estou profundamente emocionada. Lembro-me dos meus primeiros dias na agência, quando eles inventavam pretextos para não almoçar comigo ou me chamavam de cafona. Depois, a cafona vinda de Chicago aprendeu a conhecê-los e a gostar deles. Eles vão me fazer muita falta.

— Não, obrigada. É muito gentil. Eu não teria conseguido aguentar uma semana sem vocês dois.

— Emily, nunca vamos virar as costas para você — declara Luc em tom solene. — Nunca.

Ele mal termina de dizer isso quando Sylvie sai de seu escritório, fazendo meus colegas virarem as costas para mim e fugirem como coelhos.

Não tem importância. O apoio deles aqueceu meu coração. De verdade.

Gabriel vai embora!

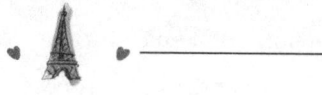

QUE DIA HORRÍVEL! O PIOR DA MINHA VIDA. O APOIO DOS meus colegas me fez bem, mas também me lembrou que eu não tinha nenhuma vontade de deixá-los. Será que eles têm razão? Será que ainda tenho uma chance de ficar na agência? Volto para casa totalmente perdida. Minha única certeza, depois de um dia tão horroroso, é que não é impossível me afundar mais. Ao chegar, escuto barulho de vozes no prédio. Gabriel e Camille estão brigando.

— Eu achei que você ficaria feliz! — Camille grita.

— Você é tão egoísta! — Gabriel retruca. — De todo modo, preciso trabalhar — ele solta, antes de atravessar a rua para ir ao restaurante.

— Vai lá, é só o que você sabe fazer! — ela finaliza.

As coisas parecem mesmo tensas entre eles. Aproximo-me de Camille, que está enxugando uma lágrima.

— O que está acontecendo? — pergunto delicadamente. — Posso ajudar?

— Gabriel encontrou um restaurante pelo qual pode pagar.

— É uma ótima notícia, não é?

— Esse restaurante não fica em Paris, Emily. Fica na Normandia, perto da cidade onde ele nasceu.

Não consigo acreditar. Como Gabriel pode nos fazer isso? Ir embora? Nos deixar? Digo, deixar Camille?

— Ele vai embora na semana que vem.

What?

— Na semana que vem? — exclamo, confusa. — Mas por que só ficamos sabendo agora? Não acredito, estou chocada! Não tanto quanto você, claro. Você está muito chocada.

— Agora estou mesmo é furiosa com ele.

— Eu também! — grito.

Gabriel vai nos deixar! De repente, da noite para o dia! Como se não fôssemos nada para ele! Digo, como se Camille não fosse nada para ele!

— No que será que ele está pensando? — pergunto, mais calma.

— Não sei de nada. Ou ele acha que vou acompanhá-lo nesse fim de mundo, ou esse é o jeito dele de terminar comigo.

Ela parece consternada.

— Sinto muito.

— Vou para a casa dos meus pais para pensar sobre isso com calma.

Ela me abraça, dizendo que sou uma verdadeira amiga.

Eu estava enganada: ainda dava para eu me afundar mais.

Omelete, vou sentir sua falta!

NO DIA SEGUINTE DE MANHÃ, VISITO GABRIEL. TENHO UM monte de reclamações a fazer, ah, se tenho! Pra começar, que direito ele tem de me deixar assim? Entre casal... er, entre vizinhos, temos obrigações, não temos? Ele já está embalando as coisas. Não consigo aceitar que ele está indo embora. Que eu não o encontrarei mais nas escadas, ou que não vou mais brincar de esconde-esconde com ele. Que ele não vai mais me irritar com seu jeito de me encantar como quem não quer nada. Que eu não verei mais aquele sorriso tão irresistível e aquele olhar incandescente para mim.

— Você ia me contar antes de ir embora ou ia só me deixar um recado? — pergunto.

— O negócio foi fechado muito rápido, só isso. Além do mais, é do lado da cidade onde nasci. É uma baita oportunidade. Eu sempre quis ter um restaurante em Paris, mas...

— Às vezes, nossos sonhos nos levam para onde menos esperávamos — termino em seu lugar. — Eu sei. Quero dizer, eu achava que Chicago era para mim. E hoje, vou precisar dar meu primeiro adeus ao meu primeiro amigo de Paris. Não consigo imaginar essa cidade sem você no apartamento de baixo. E também sem seu omelete. Vou realmente sentir falta do seu omelete.

Será que ele entendeu? A julgar pelo seu sorriso, acho que sim.

— Ele também vai sentir sua falta.

— Mesmo assim, estou feliz por você.

Gabriel vai realizar seu sonho. Quem sou eu para julgá-lo? Eu só gostaria que esse sonho não o obrigasse a se distanciar de mim...

Colegas super cute

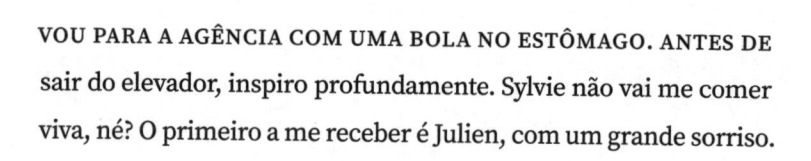

VOU PARA A AGÊNCIA COM UMA BOLA NO ESTÔMAGO. ANTES DE sair do elevador, inspiro profundamente. Sylvie não vai me comer viva, né? O primeiro a me receber é Julien, com um grande sorriso. Mas, logo em seguida, Sylvie aparece. E não parece feliz em me ver.

— O que você está fazendo aqui? Eu preciso te demitir mais uma vez?

Atrás dela, Julien me faz sinais encorajadores. Eu entendi tudo o que ele e Luc me explicaram ontem. E ajo como uma legítima funcionária francesa. Em outras palavras, como uma funcionária que sabe que não pode ser demitida num estalar de dedos. Uma jovem pronta para criar raízes. De qualquer jeito. Agora sou parisiense e tenho meus direitos!

— Ahn, não — balbucio. — Mas tenho clientes extraordinários e, enquanto você não tiver feito o procedimento de demissão, continuo tendo deveres para com eles e com a Savoir.

Ela se volta para o meu colega, que, subitamente, faz uma expressão totalmente inocente.

— Julien, você pode procurar um exemplar do formulário de demissão para eu encerrar o procedimento?

— Claro, Sylvie — ele aceita sem protestar.

Ele sai chacoalhando a cabeça por trás das costas de nossa chefe tirânica. Tenho vontade de rir.

— Vou cuidar de seus clientes — ela diz. — E se você quiser insistir em vir, seja invisível.

Invisível, mas isso eu já sou! Nessa hora, Luc se aproxima de nós.

— Sylvie, preciso falar com você sobre a Maison Lavaux. Pensei bastante e acho que não vai dar certo.

— Por qual razão? — ela pergunta com um ar desconfiado.

— Eu e o Antoine — responde com uma careta. — Você sabe o que dá colocar dois machos *alpha* lado a lado? Não vai demorar para derramar sangue.

Nesse momento, ele olha para mim. Mensagem recebida!

— Eu posso muito bem te substituir.

— Você não trabalha mais aqui — recusa Sylvie.

— Talvez até encontrar uma solução melhor? — Luc sugere.

Ela pensa por alguns segundos.

— OK. Isso vai ocupar você enquanto o procedimento de demissão estiver sendo feito.

Tenho muita sorte de ter colegas tão *cute*.

Uma fênix chamada Pierre

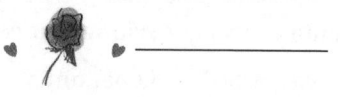

EU JÁ DEVERIA SABER: MEU DIA COMEÇOU SUPERBEM. DE manhã, recebo um convite sem o qual eu poderia muito bem ter passado: os Grey Space alugaram a sala que, inicialmente, estava reservada para Pierre Cadault e me convidam para o desfile! Se isso não é provocação, eu me pergunto o que seria! Antes, eu admirava esses dois *designers* pela criatividade deles. Agora, acho-os insuportáveis, pretensiosos. Parecem dois meninos mal-educados. Mais que tudo, eles não têm o direito de humilhar Pierre mais uma vez só para que falem deles.

Logo depois, Matthieu me liga.

— Você acaba de receber um convite dos Grey Space? — adivinho.

— Pierre também recebeu.

— Sério? Eles estão dançando na tumba dele e ainda o convidam para o baile? É tão ofensivo!

— É péssimo — ele concorda. — Pierre está a dois dedos de matar alguém. Ah, ele também pediu para te ver, imediatamente.

Me pergunto por quê. Mas, se ele deseja falar comigo, deve ser um bom sinal, não é? Sylvie insiste em me acompanhar. Encontramos Pierre no ateliê, sorrindo e nem um pouco deprimido como antes. Talvez ele esteja aliviado por ter cancelado o desfile.

— Ah, *Gossip Girl*! Ela chegou!

Outro sinal encorajador: ele me chama de *Gossip Girl*, e não de cafona.

— Bom dia, Pierre, como vai?

— Muito bem — responde, beijando a minha mão. — Tenho uma coisa para te mostrar, venha!

Com Matthieu e Sylvie, eu o acompanho até um manequim de costura quase inteiramente escondido sob um lençol.

— Eu ia exibir uma coleção ordinária, sem vida e sem interesse — ele explica. — Estava adormecido há muito tempo. E agora, acordei, hahahaha!

Triunfante, ele revela sua criação, que me deixa boquiaberta. É tão diferente de tudo que ele costuma fazer! Uma verdadeira metamorfose! Esse vestido é vanguardista, ultracolorido, fora do comum e rompe com todos os códigos da alta-costura. Sylvie parece completamente chocada.

Já eu estou amando! Pierre se reergueu, tal como uma fênix.

— Oh, é *amazing*!

— E minha fonte de inspiração é você!

— Sim, acho que é de uma grande originalidade, Pierre — comenta Sylvie, com um sorriso forçado.

— É o futuro de Pierre Cadault — ele responde. — Quero que o mundo descubra essa obra de arte imediatamente!

— Só que você cancelou o desfile — lembra Matthieu. — Estamos diante de um "pequeno" problema.

— A ideia é excelente — diz Sylvie. — Mas como vamos organizar um desfile com um único vestido?

Nada parece assustar Pierre, que promete criar uma dezena de outros ao longo do dia. Se forem todos do mesmo nível, o grande estilista vai ser a estrela da Fashion Week. Só me resta encontrar uma sala.

Para amanhã.

Nos filmes *Missão impossível* que vi, Tom Cruise enfrentava desafios menos difíceis que esse.

Felizmente, quando postam um novo vídeo, os Grey Space, sem querer, me dão uma ideia. No vídeo, vemos os dois destruindo o grande cartaz preso diante da sala onde aconteceria o desfile de Pierre, pintando, em seguida, o logo deles sobre o cartaz.

Mais uma humilhação gratuita.

Mas será a última.

Existe uma expressão de que gosto bastante: "dar o troco".

Sim, é isso: vou fazê-los pagar.

E pode custar bem caro.

Um verdadeiro desfile!

ESTOU TRABALHANDO COMO UMA LOUCA NA AGÊNCIA, E depois à noite em casa. Tenho a impressão de ter um relógio na cabeça e de ouvir os segundos passarem. *Tic-tac. Tic-tac.* Não posso me iludir. Se o desfile de Pierre for um fracasso, Sylvie nunca mais vai me perdoar. E meus colegas *super cute* não poderão fazer nada por mim. Enquanto estou enviando um bilhão de *e-mails* e resolvendo um bilhão de coisas urgentes, Mindy aparece, com os braços cheios de bolsas e malas.

— Os Dupont me botaram na rua!

Aparentemente, os patrões dela não gostaram do novo emprego de cantora num cabaré de drag queens que ela arranjou

— Pode ficar aqui quanto tempo quiser — eu digo.

— Oh, você é a melhor, Emily! — ela responde, me abraçando.

— Vou comprar um monte de vinho para você. Vai ser divertido morarmos juntas!

E eis que mais alguém bate na minha porta. Ei, o desfile é amanhã, e não no meu apartamento! Quando descubro que é Gabriel, meu coração dispara no meu peito. O que ele quer? Por favor, faça-o mudar de ideia e ficar em Paris! Querido anjo da guarda, eu não te chamo com frequência, então, se você puder, faça o seu trabalho uma única vez.

— Hum, tenho um presente de adeus para você.

Adeus. Como eu odeio essa palavra!

— Sou eu quem devia te oferecer um.

— Bom, acho que ela é sua.

Nesse momento, ele mostra sua panela. Aquela na qual ele faz omelete para mim. Fazia. Não consigo acreditar! Como vou conseguir conjugar Gabriel no passado?

— E se você não tiver nada programado para amanhã, é minha última noite no restaurante — retoma.

— Amanhã à noite? — angustio-me. — Por que tão rápido?

— Por que esperar para começar uma vida nova? — ele devolve.

Porcaria de anjo da guarda!

O desfile de verdade

PLANTADA DIANTE DA SALA, UMA MULTIDÃO DE JORNALISTAS espera com impaciência pelo começo do desfile dos Grey Space. Mas não escuto nada a não ser as batidas do meu coração. A metamorfose de Pierre me inspirou, e eu decidi levar o conceito ainda mais longe. Mas será que não fui longe demais?

Não vai demorar para saber. Quero tanto que dê certo para Pierre, para mim e também para mostrar aos Grey Space que eles não são os mais fortes.

Vai dar certo, precisa dar certo.

Os sedãs estão chegando ao pátio. Em um deles está Pierre Cadault, que usa uma parca prateada e uma camiseta com seu logo.

— Pierre, você veio para ver os Grey Space? — pergunta um jornalista.

— Não, vocês todos vieram ver Pierre Cadault, hahahaha! — responde o estilista antes de fazer uma dancinha.

No momento seguinte, um caminhão de lixo chega com um equipamento de som tocando uma música ensurdecedora. Intrigados, os fotógrafos se viram para ele. Quando as modelos vestidas com as novas criações de Pierre descem, a estupefação é geral.

Os vestidos têm cores vibrantes, com cortes extravagantes e inesperados. Além disso, Pierre estampou por cima várias mensagens, como se fossem grafites: "sou cafona", "fora de moda", "Pierre é lixo", "Pierre quem?".

Muitas modelos usam boinas, cintos e bijuterias parecidas com as minhas. Uma das meninas até tem uma bolsa em forma de coração na qual está escrito "Cafona".

Amo ser fonte de inspiração!

E a julgar pelo coro de aclamações entusiásticas, o público amou o desfile. Eles clamam pelo nome de Pierre Cadault em uníssono. Que triunfo!

Só os Grey Space fazem uma cara estranha.

Da próxima vez, vão pensar duas vezes antes de humilhar alguém.

Um jantar de festa e de adeus

À NOITE, CONVIDO TODO MUNDO PARA O RESTAURANTE DE Gabriel. Sylvie, Luc, Julien, Matthieu e Pierre Cadault. Os jornais divulgaram o sucesso do desfile e ele parece satisfeito. Estamos todos, na verdade.

E como marquei o restaurante na página do Instagram do estilista, o lugar está lotado.

De repente, preciso fazer um sinal para Sylvie. Antoine e Catherine acabam de chegar. Tenho vontade de me levantar e dizer a eles que não há mais lugar, mas imagino que eles já tenham reserva.

— Ah, merda — murmura Sylvie antes de mostrar um grande sorriso forçado. — Catherine, Antoine, boa noite! Vocês chegaram bem a tempo, é a última festa do chef em Paris. Ele está se mudando para a Normandia.

— Ah, é mesmo? — responde Catherine. — Que sorte! Na verdade, Antoine promete me trazer aqui há semanas.

— Quando o assunto é promessa, é com ele mesmo — ironiza Sylvie.

Felizmente, Catherine e Antoine estão indo para a mesa deles.

A refeição continua alegremente. E Matthieu me convida para ir à Côte d'Azur na próxima semana. Claro que sei exatamente o que isso significa.

Foi um dia incrível e tão rico em emoções! Por um lado, consegui completar minha missão impossível graças ao talentoso

Pierre Cadault. Por outro, vou perder Gabriel. Por isso, minha vitória ainda tem um gosto amargo.

Já está tarde, e o restaurante finalmente esvaziou. Gabriel vem me dizer adeus.

— Bom, obrigado mais uma vez — ele me diz emocionado. — Vou me lembrar para sempre desta noite.

— Eu só retribuí o favor.

Pelo risinho dele, devo ter errado mais uma vez alguma palavra. Tantos falsos amigos e tão poucos amores verdadeiros. O olhar dele de repente parece triste, quase desesperado. Eu gostaria de pegá-lo nos meus braços, sentir seu perfume. Não sei por que, mas me contenho.

— Boa noite, Gabriel — digo como se fosse vê-lo amanhã. — E boa sorte.

Depois, saio do restaurante ao mesmo tempo que Matthieu. Ele quer esticar a noite, mas deixo-o ir sozinho. Só quero voltar para casa e me refugiar no meu cobertor para chorar. Ou beber um vinho para esquecer.

No entanto, o esquecimento não vem.

Quando abro a janela, vejo Gabriel arrumando o terraço do restaurante. Ele vai mesmo me fazer falta, não vou conseguir suportar.

Não posso deixá-lo partir assim.

Não, não posso.

Uma nuvenzinha cinza

PASSO UMA NOITE DE SONHO COM GABRIEL, MAS O PROBLEMA dos sonhos é que eles são efêmeros. Quando você acorda, o retorno à realidade é sempre brutal.

Gabriel vai embora para a Normandia! Eu até poderia visitá-lo, mas será que seria bom nos vermos de novo? Mesmo que Camille e ele tenham terminado, minha consciência não está tão tranquila assim. Continuo com a impressão de dividir um crepe proibido. Ou melhor, de ter roubado o crepe de alguém e ter me deliciado com ele.

Essa noite com ele foi tão... ainda melhor que nos meus sonhos acordados mais loucos, mais doces!

Num mundo perfeito, Gabriel ficaria comigo. Nesse mesmo mundo perfeito, eu nunca teria conhecido Camille, e ela não teria se tornado minha amiga.

E eu nem posso contar com a ajuda do meu anjo da guarda, já que ele nunca faz seu trabalho.

Vou para a agência sem saber muito o que me aguarda. Ontem à noite, Sylvie parecia bem contente – pelo menos até Antoine chegar com a esposa. Mas o que será de hoje?

Enquanto trabalho, com a cara enfiada no computador, ela chega.

— Olá, Sylvie! Falei com o assessor de Pierre, ele vai dar uma entrevista para a *Vogue* francesa amanhã. Pensei que nós...

— Fique quieta por um momento e escute o que tenho a dizer — ela me interrompe. — Quanto à conversa do outro dia, decidi não dar entrada no procedimento de demissão por erro grave.

— Verdade?

Revirando os olhos, ela suspira. O que mais eu poderia dizer?

— Você tem potencial, mas ainda precisa ser lapidada. Se você tiver que ficar na Savoir, não vou mais pegar tão leve com você. Está claro?

— Muito — respondo num tom que não poderia ser mais sério.

Meus colegas parecem felizes por mim. E eu também.

Só tem uma nuvenzinha cinza em cima da minha cabeça. Uma nuvenzinha chamada Gabriel.

Está demitido, anjo da guarda!

NO FIM DO DIA, PASSO EM FRENTE AO RESTAURANTE. VIVI tantos bons momentos aqui. Lembro-me da noite em que descobri que meu vizinho sexy era o chef da cozinha. Agora, sem ele, nada mais vai ser igual... a carne estará sempre malpassada, o omelete intragável, e minha vida... superchata. De repente, alguém me chama. É Antoine, que está sentado do lado de fora do restaurante. Pergunto-me o que ele está fazendo ali, já que o lugar parece fechado.

— Olá — respondo. — Você deve mesmo ter gostado do jantar de ontem?

— Eu vim para fazer negócios — ele confidencia. — E você?

— Ah, eu moro aqui do lado — digo, apontando para o meu prédio.

— Muito prático — comenta.

Não entendo.

Logo depois, acho que estou tendo uma alucinação. Vejo Gabriel sair do restaurante segurando uma garrafa de champanhe e duas taças. Eu só posso estar sonhando. Ou melhor, estou sofrendo de alguma síndrome de saudade. Penso tanto no C.S.S. que o vejo em todo lugar. No entanto, esse brilho nos olhos quando me vê... Não, não posso estar imaginando. Ele está aqui, bem diante de mim.

— O quê?! — deixo escapar. — Eu achava que você ia embora hoje de manhã.

— Sim, eu também — ele confirma.

— Para que essa garrafa? — pergunto. — Você está comemorando sua despedida?

Antoine sorri para nós.

— É exatamente o contrário. Eu não estava suportando a ideia de Paris perder um dos seus jovens chefs mais promissores.

— Antoine quer investir num restaurante — prossegue Gabriel, com o rosto radiante.

— Aqui, em Paris? — pergunto.

— Sim, claro — responde Antoine. — O lugar de Gabriel é aqui.

Ah, sim, aqui, perto de mim! Bem, bem, bem pertinho de mim. E apenas de mim.

Enquanto Antoine recebe uma ligação e Gabriel vai buscar uma terceira taça, Camille me envia uma mensagem. Gabriel disse a ela que não iria mais embora, e agora ela quer conversar comigo.

Sobre o quê? Sobre a noite que passei com seu ex-namorado? Sobre como esse crepe foi inesquecível?

Espero que ela não me peça conselhos para se reconciliar com ele. Sim, claro, com certeza é isso! É isso que fazemos entre amigas: nós nos ajudamos, nos apoiamos.

E nos traímos.

Mas eu pensava que estava tudo terminado entre Gabriel e ela!

Pensando bem, meu anjo da guarda não é preguiçoso, não. É só que ele entende tudo ao contrário: em vez de ajudar as pessoas, ele estraga a vida delas! Ah, se eu pudesse demiti-lo – e do jeito americano, não do francês.

O que vou fazer agora?

Pegar o primeiro avião para Chicago seria sem dúvida a melhor opção. Camille não me perseguiria Atlântico afora.

Ergo os olhos na direção das ruas, dos prédios. A moça da padaria me diz um oi da vitrine. Claudette, a florista, me olha com uma cara péssima, como se eu fosse roubar as rosas dela. E penso de novo nos sorrisos contentes de Julien e de Luc quando souberam que eu ficaria.

Não, não vou fugir. Porque, agora, minha vida é aqui. Não importam as surpresas ou perrengues que ela me reserva.

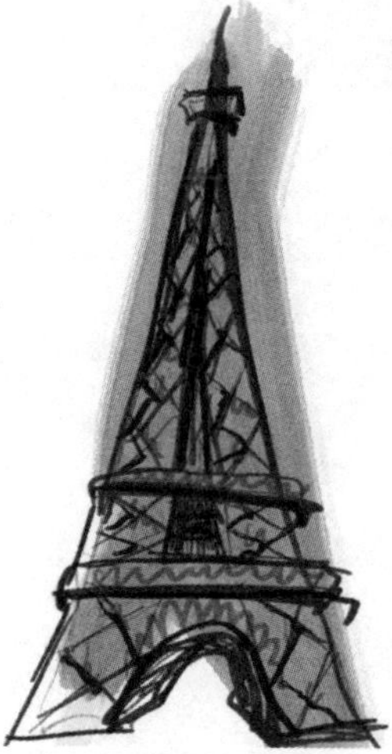

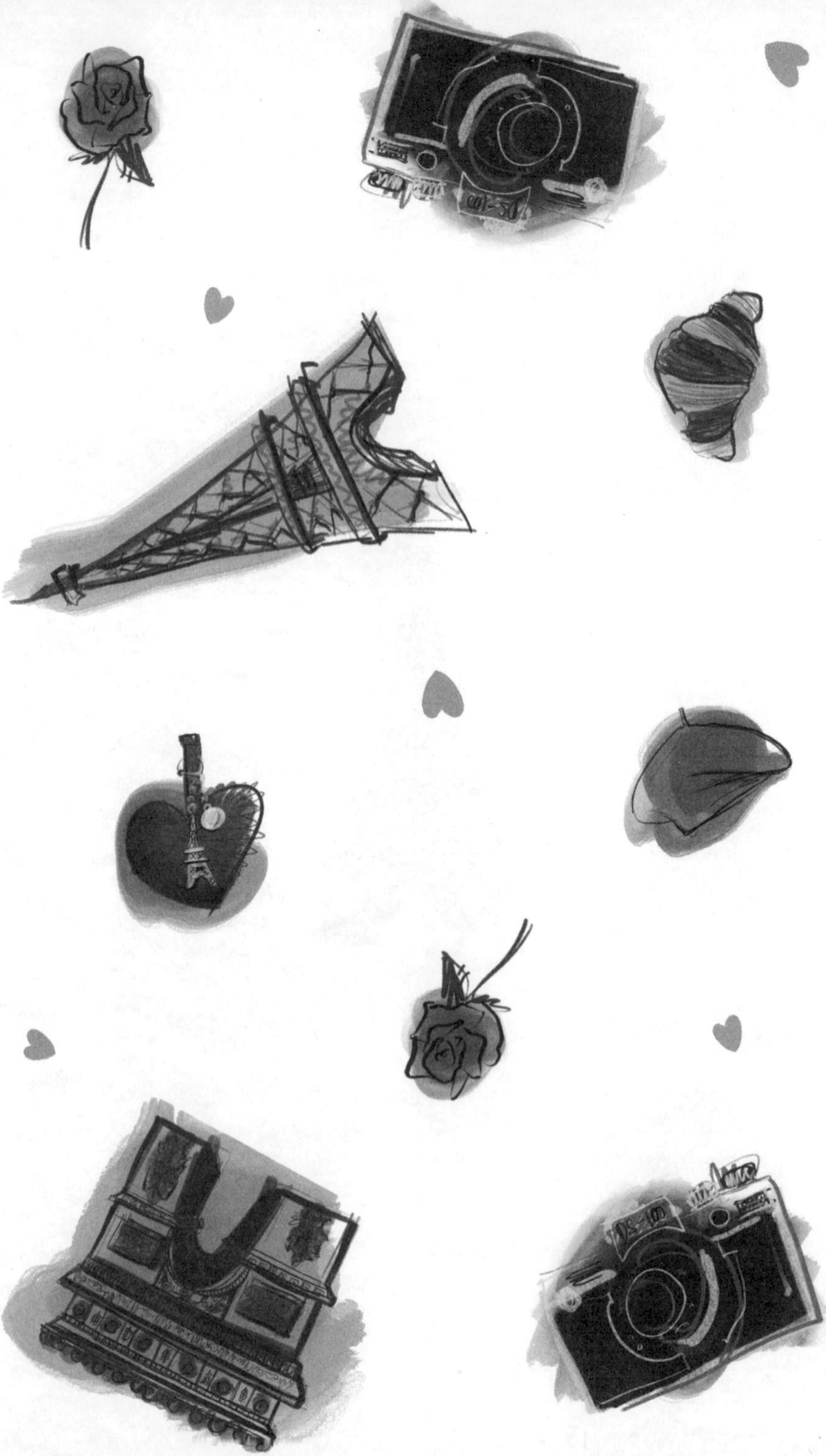

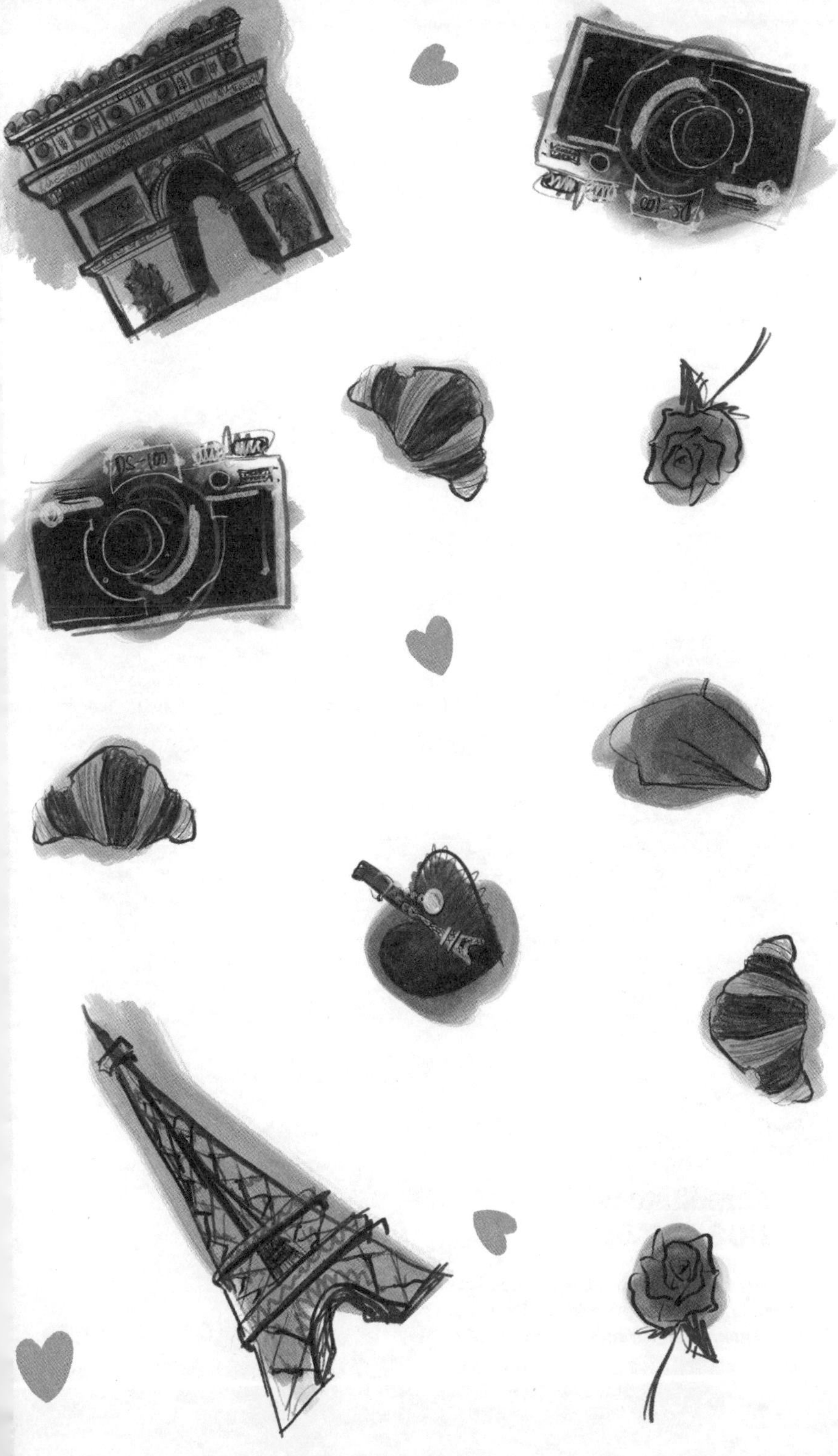

**Acreditamos
nos livros**

Este livro foi composto em Source Serif Pro e
impresso pela Gráfica Santa Marta para a Editora
Planeta do Brasil em setembro de 2022.